文庫書下ろし／長編時代小説

思《おもい》川《がわ》契《ちぎ》り

剣客船頭㈢

稲葉　稔

光　文　社

この作品は光文社文庫のために書下ろされました。

『思川契り』目次

北
田端
駒込
日暮里
三河島
谷中
大橋
千住道
小塚原
思川
総泉寺
隅田村
隅田川
泪橋
寺島村
日本堤
新吉原
千駄木御林
東叡山寛永寺
下谷
浅草寺
今戸橋
小石川
本郷
中堂
浅草
伝通院
不忍池
広小路
阿部川
東橋
御徒町
蔵前
神田大明神
外神田
御米蔵
神田川
水道橋
柳原
本所
御竹蔵
番町
内神田
和泉橋
浅草橋
柳橋
田安門
両国橋
竹橋
一ツ橋
神田橋
大川
日本橋北
日本橋
新大橋
小名木川
高橋
江戸城
北町奉行所
江戸橋
日本橋南
深川
半蔵門
南町奉行所
八丁堀
材木町
西之御丸
永代橋
霊岸島
富岡八幡宮
京橋
永田町
大島町
石川島
越中島調練場
西本願寺
新橋
溜池

主な登場人物

沢村伝次郎 元南町奉行所同心。探索で起きた問題の責を負い、同心を辞め船頭に。

千草 伝次郎が足しげく通っている深川元町の一膳飯屋の女将。

酒井彦九郎 南町奉行所定町廻り同心。伝次郎のことを心配している元上役。

布川清左衛門 浅草今戸町にある剣術道場「有道館」道場主。

相馬弥之助 剣術道場「有道館」で学ぶ若き武士。道場主の娘亜紀といいかわした仲。

布川亜紀 布川清左衛門の娘。相馬弥之助と言い交わした仲。

政五郎 伝次郎と懇意にしている船宿・川政の主。

◆◆◆

大田原忠兵衛 旅の武芸者。「有道館」に道場破りに来る。

松田久蔵 南町奉行所同心。伝次郎の元同僚。伝次郎の宿敵・津久間戒蔵探しに尽力している。

中村直吉郎 南町奉行所同心。伝次郎の元同僚。伝次郎の宿敵・津久間戒蔵探しに尽力している。

赤松由三郎 非役の御家人。

文吉 赤松由三郎が昔から面倒を見ている中間。

津久間戒蔵 元肥前唐津藩士。江戸市中で辻斬りをして、世間を震撼させる。捕縛にあたった伝次郎たちに追い詰められながら逃げ続けている。

剣客船頭㈢

思川契り

第一章　有道館

一

ゆっくりと日は落ちているが、この時季はなかなか暮れず、いつまでも明るい。

武者《むしゃ》窓の向こうには、瑞々《みずみず》しい緑の若葉が茂っている。

道場の庭には紅色の五弁の花を開いた浜茄子《はまなす》や、都忘《みやこわす》れがあり人の気持ちを和《なご》ませていた。その蜜《みつ》を吸うために飛び交う蝶の姿もあった。

そんなのんびりとした風情《ふぜい》とはちがい、さっきから床板《ゆかいた》を蹴《け》る音や、激しく打ち合わされる竹刀《しない》の音、そして気合のこもった声などが窓の外に漏《も》れていた。

そこは浅草今戸町《あさくさいまどちょう》にある小さな剣術道場であった。

門弟らは怪我をしないように、鉄面、籠手《こて》、胸当《むねあて》（胴）を着用して稽古《けいこ》に励んでいる。

道場主は布川清左衛門《ふかわせいざえもん》といい、道場の名は「有道館《ゆうどうかん》」といった。

「殿様は隠居されたあとで、体が急に弱られたらしい」

掛《か》かり稽古を終えた相馬弥之助《そうまやのすけ》が、荒い息を吐きながら面を脱ぐと、そんな声が聞こえてきた。

「弱られたって、ひどいのか？」

隣の門弟が聞いている。

「よくはわからぬが、あまりよくないらしい」

「殿様もお年だからな。長年のお勤めの疲れが出たのだろう」

弥之助と同じ門弟が話しているのは、どうやらこの春に幕府若年寄《わかどしより》を退《しりぞ》いた堀《ほっ》田摂津守正敦《たせっつのかみまさあつ》のことのようだ。二人が以前、堀田家で侍奉公をしていたのを弥之助は承知していた。

堀田摂津守はじつに四十三年もの長い間、若年寄に在職していたのであった。年も七十八歳というから、かなりの長寿である。

弥之助はかつて仕えていた主人の話をする二人の門弟の声を聞くともなしに聞き、滝のように流れている汗をぬぐうのに余念《よねん》がなかった。防具をつけるだけで暑いが、稽古で体を動かせば、暑さがいや増す。現に床には、ぼとぼとと汗が音を立ててしたたり落ちているほどだ。

竹刀が面をたたくたびに迸《ほとばし》る汗飛沫《あせしぶき》が、傾きはじめた日の光に浮かびあがる。荒い呼吸と着衣を整えた弥之助は、隣でかつて仕えていた主人の話に夢中になっている門弟を一瞥《いちべつ》して、稽古中の者たちに目を向けた。

稽古はそろそろ終わりである。互いに礼をして、自席に下がるものが目立つ。誰もが汗びっしょりで、顔を紅潮させ、肩で息をしていた。

「頼もう！」

いきなり玄関から胴間声《どうまごえ》がひびいた。それは稽古をつづけていた門弟のかけ声に劣らぬ大音声《だいおんじよう》であったから、誰もが一斉に玄関に目を向けた。忘我《ぼうが》の境地で一心《いつしん》に稽古をしていた門弟も、動きを止めたほどである。

声の主は道場玄関に仁王立《におうだ》ちになっていた。五尺八寸ほどの大男で、無精《ぶしよう》ひげに覆《おお》われた顔も、剝《む》き出しの腕も足も赤銅色《しやくどういろ》に焼けていた。木綿《もめん》の着流しに野袴《のばかま》といったなりだが、塵埃《じんあい》にまみれている。

「拙者《せっしゃ》は大田原忠兵衛《おおたわらちゅうべえ》と申す旅の武芸者《ぶげいしゃ》である。故《ゆえ》あって諸国をまわってきたが、いよいよ江戸に腰を据《す》えるときが来た。稽古中に邪魔をいたすが、道場主に取り次ぎ願いたい」

物怖《ものお》じしない堂々としたものいいに、門弟らはしばらく大田原忠兵衛の気迫《きはく》に呑まれたように黙り込んでいた。

「いかなるご用であろうか？」

上座で稽古を見守っていた師範代の木村倫太郎《きむらりんたろう》だった。

大田原の目が、立ちあがった倫太郎を見据えた。鷹《たか》のように鋭い目であった。

「おてまえが道場主であるか？」

「わたしは師範代の木村だ。先生とお約束でもござるのか？」

「そんなものはない。ここで腕を試したいだけだ」

大田原は不遜《ふそん》なものいいをし、にやりとした笑みを片頬《かたほお》に浮かべ、十六、七人いる門弟らを眺めた。

「道場破りだったらお断りだ。当道場は他流試合もやっておらぬ」

倫太郎はきっぱりといった。そのとき、道場主の布川清左衛門が道場に姿をあらわした。

「いったいなんの騒ぎだ」

大田原の声は母屋《おもや》のほうにも届いたらしい。清左衛門はそれを聞きつけてやってきたのだ。

「そちらに見える旅の武芸者と名乗る方が、試合をしたいとの申し出なのです」

応じた倫太郎に、清左衛門はふむと鼻を鳴らすように声を漏らして、大田原を眺めた。

「旅とおっしゃると、武者修行の旅であろうか？」

「いかにもさよう。久しぶりに江戸に戻って来たのだが、この道場の活気に吸いよせられるように訪ねてまいった次第である。断っておくが決して道場破りではない。腕を試したいだけだ。お相手願いたいのだが、いかがなものであろうか」

「せっかくではあるが……」

「まさか尻尾《しっぽ》を巻いて逃げるようなことを申すのではあるまいな」

遮《さえぎ》られた清左衛門は、眉宇《びう》をひそめて大田原をにらんだ。

「腕を試され恥をかくのをいやがって逃げる道場はよくある。なかには事を荒立《あらだ》てまいと、こっそり心付けをわたして追い返そうとする道場主もいる。まあ、そのような道場はからきし力のない道場にほかならぬ。真に実力のある道場というのは、決して逃げはせぬ。正面からぶつかってくるものには、正面から堂々と応じる。そういう道場は見込みがあるし、門弟らの力もなかなかなものだ」

大田原は饒舌《じょうぜつ》であった。それも挑発以外のなにものでもない。清左衛門の面上に侮辱《ぶじょく》されたという思いがあらわれていた。

「いかがなさる?」

「よかろう」

清左衛門は静かに答えた。

二

ずかずかと道場にあがってきた大田原は、下座に着座すると、両刀を脇に置き、襷《たすき》をかけ、袴の裾《すそ》をからげた。

「お相手は……」

大田原は清左衛門を見た。弥之助ら門弟も同じように清左衛門を注視した。

「いかほどの腕前であるかわからぬが、師範代の木村が相手になろう」

弥之助らは木村倫太郎を見た。

「まずは師範代であるか。よかろう」

大田原は余裕の笑みを浮かべる。

「遠慮はせぬぞ」

応じた倫太郎は鉄面に手をかけた。

「待たれよ。防具はなしだ」

大田原の声で、倫太郎は鉄面にやった手を止めた。

「だが、まあよいか。木村殿がつけたければ好きにするがいい。拙者は防具はいらぬ。それで使うのは木刀であろうか竹刀であろうか？」

「竹刀だ」

清左衛門がすかさず答え、言葉をついだ。

「木村、相手が防具なしならおぬしも防具はいらぬだろう」

「わかりました」

倫太郎はそのまま道場中央に進み出た。門弟から竹刀を受け取った大田原も進み出た。

弥之助はどんな結果になるだろうかと、目を輝かせて向かい合った二人を見る。

この道場での稽古には二通りあった。まずは初心者向けに、防具をまとい竹刀での稽古。これは無用な怪我を嫌ってのことである。

もうひとつは、刃引《はび》きか木刀を使っての組太刀《くみだち》稽古であった。刃引きとは斬れないように刃部をつぶした稽古用の刀であるが、威力は真剣に匹敵《ひってき》する。

倫太郎は師範代であるから、組太刀には慣れている。その稽古は実戦さながらいつ怪我をするかわからない緊張をともなった。下手をすれば大怪我ではすまず、死に至ることさえある。さいわいそんな事故は起きていないが、激しい稽古でいつ死者が出るかわからなかった。

しかし、これからはじまる試合で使用するのは竹刀である。まちがっても死に至ることはないだろうと、手に汗をにぎる弥之助は思うのであった。

倫太郎と大田原は蹲踞《そんきょ》の姿勢から立ちあがった。間合い三間《げん》の位置である。倫太郎は青眼《せいがん》に構えた。対する大田原は、なんと竹刀を右手一本で持ち、肩に預けたままである。

弥之助が「あ」と心の内で驚きをつぶやけば、近くにいる門弟が「なめてやがる」と、大田原を蔑《さげす》むようににらんだ。

「やあー！」

気合を入れて倫太郎がすり足で間合いを詰めた。大田原は止まったままだ。倫太郎は大田原を威嚇《いかく》するように、さらに気合の声を発して間合いを詰めたが、もう一歩のところで足を止めた。一見隙《いっけんすき》だらけのように見える大田原に撃ち込めないのか、右にまわりだした。そのことで大田原がゆっくりと竹刀を動かして、両手で脇に構えた。竹刀は床と水平になっている。

「とおー！」

倫太郎が声を発して、床板を蹴って前に飛んだ。竹刀の切っ先が迅雷《じんらい》の勢いで伸び、大田原の喉を突く。

バシッ！

肉をたたく激しい音が道場内にひびいた。弥之助は口を半開きにして、瞠目《どうもく》していた。

倫太郎の突きはあっさりかわされ、逆に左首付根をしたたかにたたかれていたのだ。それは一瞬のことで、弥之助にはいったいなにが起こったのかわからなかった。

他の門弟たちもびっくりした顔で、声をなくしていた。どさりと床に倒れた倫太郎は、口から泡を噴《ふ》き、白目《しろめ》を剥いて体を小刻みに痙攣《けいれん》させていた。

勝負は一瞬にしてついた。

「介抱してやれ。死にはせぬ」

余裕の顔でいう大田原の声で、数人の門弟が倫太郎のもとに駆けより、道場の隅に運んでいった。

「つぎは誰だ？」

大田原は門弟らを眺めわたした。弥之助は唇を嚙《か》んで、名乗り出ようかと思ったが、

「わたしが相手だ」

と、清左衛門が先に立ちあがった。

数人の弟子が「先生」と制止しようとしたが、清左衛門は彼らをひとにらみする

ことで黙らせた。尻を浮かしかけた弥之助も、座りなおすしかなかった。

清左衛門と大田原は互いに礼をして立ちあがり、竹刀を構えた。清左衛門は青眼、大田原は下段に構えた。

息を殺して、清左衛門が間合いを詰める。その動きを見た大田原の竹刀が、ぴくっと動いた。竹刀の切っ先がわずかに持ちあがったのだ。

「師範代とは勝手がちがうようだな。さすが道場主……」

大田原は嬉《うれ》しそうな笑みを浮かべた。

清左衛門は黙したまま、撃ち込む隙を窺《うかが》っている。後ろに引いた踵《かかと》が持ちあがったり、下がったりしている。

そうやってじりじりと間合いを詰めていた清左衛門だが、左に動いた。大田原の竹刀がそれに合わせて動き、同時に間合いを詰めてきた。

「おりゃ!」

先に撃ち込んだのは、大田原だった。巨軀《きょく》が宙に舞い、大上段から清左衛門の脳天を狙った。しかし、清左衛門は大田原の竹刀をはじき返すと、すかさず胴を抜きにいった。右足が大きく踏みだされ、竹刀が振り切られた。しかし、それは空《くう》を切っていた。

転瞬、身をひるがえして大田原の小手を撃ちにいった。避《よ》けようのない攻撃であったが、大田原はその一撃を左に払うなり、竹刀を返しざまに横面に撃ち込んだ。

観戦している誰もが、「あっ」と息を呑んだが、そこはさすが清左衛門である。落ち着いて背後に飛び退《との》くことでうまくかわした。

だが、それまでのことだった。つぎの一瞬、大田原は竹刀の切っ先を天井に向けるなり、裂帛《れっぱく》の気合もろとも撃ち下ろした。

「どりゃー！」

直後、清左衛門の体がふらっとよろけ、手から竹刀がこぼれた。清左衛門は焦点の定まらない目をしたまま、よろけながら数歩後退すると、そのまま仰向けに倒れ、後頭部を羽目板《はめいた》に打ちつけた。

束の間、水を打ったような静寂が訪れた。まるで刻《とき》が止まったようであった。門弟の誰もが驚きに目を瞠《みは》り、息を止めていた。

「先生！」

沈黙を破ったひとりの門弟が、清左衛門に駆けよった。

三

大川《おおかわ》は流れを止めたように穏やかだった。空に浮かぶ雲は、日の名残《なごり》をうすれさせ暗く翳《かげ》ろうとしている。

山谷堀《さんやぼり》で客を降ろした沢村伝次郎《さわむらでんじろう》は、棹《さお》を川底に突き立てると、舟を器用にまわして、大川へ舳先《へさき》を向けた。紺股引《こんももひき》に腹掛け、それに袖無《そでな》しの半纏《はんてん》姿である。首にかけていた豆絞りの手拭いで、首筋の汗をぬぐうと、それをきつく頭に縛りつけた。

こめかみが締められ、太い眉がきりっと吊りあがった。どっしりした鼻の上にある眉間《みけん》には、深い横皺《じわ》が彫られていた。四肢《しし》の筋肉は逞《たくま》しく発達しており、胸板が厚かった。

伝次郎はひとつ、長い息を吐きだして、棹をつかみなおした。

(さあて、戻ったら軽くやろう)

その日はいつになく忙しかったので、ゆっくり酒を飲みたいと思った。そう思う頭に、飯屋の女将《おかみ》・千草《ちぐさ》の顔が浮かぶ。

（たまには酌《しゃく》でもしてもらおうか……）

伝次郎はゆっくりと棹を水のなかに差し入れた。

「船頭さん、お待ち、お待ちになって」

ふいの声が河岸場《かしば》からかかった。振り向くと、ひとりの浪人らしき男と女が立っていた。

「本所《ほんじょ》まで乗せていってください」

女が川岸に近づいていう。本所はこれから伝次郎が帰る方面である。川底に立てた棹の動きを変えて、川岸に舟を寄せた。浪人と女は、舟のなかほどに寄り添うように腰をおろした。夫婦なのかそうでないのか、伝次郎にはわからなかった。

「本所のどちらまで？」

「まずは向島《むこうじま》へ寄ってから、一ツ目《ひとつめ》へ行ってください」

一ツ目とは、大川から竪川《たてかわ》へ入る最初の橋である。二人は本所相生町《あいおいちょう》あたりに住まいがあるか、用があるのだろう。伝次郎は黙って舟を出した。すぐに大川に出た。ゆるやかなさざ波を立てる水の流れは、弱い星あかりを照り返していた。

あたりに立ち込めていた宵闇《よいやみ》は、濃くなっており、空には星が散らばっていた。

涼《すず》やかな川風が、伝次郎の総髪《そうはつ》の乱れをそよがせた。やや川上に舳先を向けた伝次郎は、しばらく舟を川の流れにまかせて、足許《あしもと》にたたんでいた舟提灯《ふなぢょうちん》に火をともした。それを櫓床《ろどこ》に置いたとき、浪人が振り返った。

「おい、あかりはいらぬ。消せ」

命令口調であった。

伝次郎はその顔を眺めてから、へえと返事をして提灯の火を消した。浪人はいかめしい顔つきで、無精ひげに覆われていた。舟に乗り込んでくるとき、汗と垢《あか》の匂いが鼻をついたので、遠くからやってきたのかもしれない。

一方の女は黄格子《きごうし》の着物に花柄の帯を締めていた。所作《しょさ》から武家の女房だろうと察せられた。二人は低声《こごえ》でなにかを真剣に話しているようだが、伝次郎の耳には届かない。舳《みよし》が水を切る音と、棹を抜くときの水音ぐらいだ。

伝次郎の操る猪牙舟《ちょきぶね》は、長さ二丈四尺（約七メートル二〇センチ）ほどである。よって二人の客との距離は、一丈ほどあるから低声は耳に届かなかった。

向島方面からやってくる渡し舟とすれ違った。船頭は伝次郎が舟提灯をつけていないので、なにか一言文句をいいたそうな顔をしたが、そのまま黙って山谷堀のほうへ向かった。

「向島のどのあたりで……」

伝次郎が声をかけると、女がまっすぐでいいという。伝次郎はいわれるまま舟を直進させた。やがて、川岸に近づいた。

「船頭さん、その辺に舟をつけたら、しばらく外してくださらない」

「………」

伝次郎はすぐに返事をしなかった。

「半刻《はんとき》ばかり岸にあがっていてくださいな」

「断る」

伝次郎の返事に浪人が振り返った。

「おい、誤解をするな」

「そうよ、わたしたちは込み入った話をしなければならないの。人に聞かれたくない話をするだけよ。変に気をまわさないでください」

舟を使って逢い引きをし、ときに船頭を外させて仲良く楽しむ客がいる。伝次郎はそういう客はお断りだった。舟は神聖なものであり、大事な仕事道具だ。しかし、いま乗っている男女には邪《よこしま》な考えはないようだ。実際のところどうであるか疑わしくはあるが、あまり客に逆らうこともできない。

「それじゃ、半刻で……」

伝次郎は折れた。舟を葦《あし》の茂みの開けたところにつけると、そのまま舟を降りた。

「お待ち」

女が呼び止めて、心付けをわたしてくれた。伝次郎は素直に受け取り、礼をいって舟を離れた。土手の途中で振り返ったが、男と女は向かい合う恰好《かっこう》で話し込んでいた。

伝次郎は土手にのぼると、葉桜《はざくら》の木の下に腰をおろし、煙草を喫《の》んだ。吐きだす紫煙が土手下から吹きあげてくる川風にまき散らされた。川向こうにはちらちらと赤い町あかりが見える。背後は小梅村《こうめむら》の百姓地で、すぐそばに三囲稲荷《みめぐりいなり》があった。

伝次郎は無表情に、空に視線を向けた。星空の一角に、薄い雲に遮られた上弦《じょうげん》の月がぼやけていた。ふいに、ある男の顔が脳裏に浮かんだ。

さっき舟に乗り込んできた浪人のことが、心に引っかかっていたせいかもしれない。頭に浮かんだのは、伝次郎の妻子と使用人を殺した津久間戒蔵《つくまかいぞう》だった。その眉間の上には、伝次郎に斬られた刀傷が残っているはずだ。

(津久間……どこにいるんだ)

胸中でつぶやいた伝次郎は、厳しい目をして煙管《きせる》の雁首《がんくび》を桜の根方に打ちつけた。赤い火玉が地面に落ち、やがてゆっくりと消えてゆき、暗い地面に同化した。

南町奉行所《みなみまちぶぎょうしょ》の定町廻り《じょうまちまわ》同心《どうしん》・酒井彦九郎《さかいひこくろう》から、津久間が品川《しながわ》に現れたという話を聞いていた。居ても立ってもいられず品川に出向いて探したが、行方《ゆくえ》は知れなかった。似た男を見たというものが幾人かいたが、それもたしかなことではなかった。十日ほど前のことだった。

しかし、酒井彦九郎や同じ同心の松田久蔵《まつだきゅうぞう》は、津久間探しに力を貸してくれている。なぜ町方《まちかた》が、伝次郎に力を貸すか。

いまは船頭に身をやつしている伝次郎だが、元は彦九郎や松田と同じ同心だったからである。それに、二人には伝次郎に対する負い目がある。

伝次郎が彼らを庇《かば》って町奉行所を去ったからだ。妻子と使用人が殺されたのは、そのあとのことだった。

「津久間、必ず探しだしてくれる」

伝次郎は小さな声を漏らした。

なにをするでもなく、半刻をつぶすのには骨が折れた。土手道をぶらぶら歩いたり、土手に腰をおろしたりして、遠くに見える町あかりを眺めるだけだった。

そろそろよいだろうと思い、土手を下りて舟に戻った。と、川岸について、伝次郎は自分の目を疑った。舟はそのままつないであるが、乗っていた男女の姿がなかったのだ。

（もしや……）

伝次郎の頭に「心中」という二文字が浮かんだ。慌てて付近を探し、提灯に火を入れて川底に目を凝らした。さらに舟を出してあたりの川に目を配った。

しかし、浪人と女を見つけることはできなかった。

四

コトコトと建て付けの悪い戸板が音を立てて、破《や》れ障子《しょうじ》をふるわせた。細く開いた戸板の向こうに、雲に隠れていた上弦の月が姿をあらわした。

横になっていた津久間戒蔵は、半身を起こして消えそうになっている行灯《あんどん》の炎を見た。油が少なくなっている。足せばいいのだろうが、面倒だったたし、予備の油がどこにあるかわからなかった。

そこは武蔵国《むさしのくに》荏原《えばら》郡碑文谷《ひもんや》村の外れにある荒屋《あばらや》だった。軒は傾き、藁葺《わらぶ》きの屋根には草がぼうぼうと生《は》えていた。じめじめした土間を鼠《ねずみ》が走りまわっている。その荒屋から東へ四半里ほど行ったところに目黒不動《めぐろふどう》があった。

追われる身の津久間には、そこはとりあえず安全な場所だった。町奉行所の支配外だからである。しかし、江戸市中に入りたいと津久間は思っていた。

もはや死など恐れはしない。黙っていても、死期が間近に迫っているのを自覚していた。あわい月あかりに浮かぶ津久間の頰《そ》はこけていた。肉のついていた胸には肋骨《あばらぼね》が浮き出ている。足や腕からも肉が削げ落ちていた。

（おれは死ぬ……）

そんなことを日に何度も思う。だからこそ、一目会っておきたい女がいた。会ったところでどうなるわけではないが、なぜか無性《むしょう》に会いたいと思うのだ。

（……おなつ）

胸の内で呼びかける津久間の脳裏に、おなつの顔が浮かぶ。

瓜実顔《うりざねがお》の白い顔。涼しげな目許。すっきりした鼻……。

日を追うごとにおなつの面影がかすんでゆく。津久間はじわりと拳《こぶし》に力を入れて、開いた。まだ手は動く。足だって動くと、足首を弧を描くようにまわした。

ごふぉごふぉと咳《せき》をして、手拭いで口を覆った。咳が収まると、手拭いを広げて見た。しみがついていた。血だ。

（くそッ……）

自分に毒づいて、また横になった。暗い天井を見あげ、いつどうやって江戸市中に入ろうかと考える。

津久間は肥前唐津《ひぜんからつ》藩士だった。下屋敷詰めの番士《ばんし》で江戸《えど》定府《じようふ》の身の上だった。だが、どこでどう自分のたがが外れたのか、ある夜、酒に酔った帰りに見も知らぬものを斬った。斬るつもりはなかった。ただ、刀の斬れ味を試したかっただけだった。それがために、勝手に体が動き、斬り捨てていたのだ。

そのときの感触はいつまでも手に残っていて、気色《きしよく》悪かった。ところが酒が入ると、またもやそのときの斬れ味をたしかめたくなった。いつしか、人を斬るという快感を覚えていたのだ。

我ながら馬鹿げたことで、やってはならないと思うのだが、自制できなかった。なぜそんなことを繰り返したのかと、いまになって振り返れば、やはりおなつのせいだった。

(あの女がおれを袖にしたからだ)

だったらおなつを斬ればよかった。ところが、自棄《やけ》になった感情はおなつではなく、たまたま行きあった男に向けられた。

「おぬし、気はたしかか。夜ごと妙な寝言をいってうなされているようだが……」

同じ番士にいわれたことがある。

「ふん、人は夢を見るものだ。寝言ぐらいでグチャグチャ文句をたれるな」

辻斬りを繰り返していた津久間は、嚙みつくような目を仲間に向けた。それ以来、同郷の勤番侍とは口を利《き》かなくなったし、変わり者扱いをされるようになった。自然気持ちが荒《すさ》み、毎日苛立《いらだ》っていた。

そんなとき江戸町奉行所の追跡を受けた。うまく逃げまわっていたが、ついに追いつめられ、危うく捕らえられそうになった。そのとき眉間を斬りつけられたのだが、かろうじて逃げることができた。しかし、眉間を斬った町方を許すことはできなかった。

津久間は相手のことをひそかに探り、八丁堀の屋敷に押し入った。憎むべき町方はいなかった。代わりに妻子と使用人を惨殺して逃げた。罪の意識はあったが、

「ざまあみろ」

と、町方のことを嘲《あざけ》っていた。

だが、それでことが終わるはずもなく、国許の目付《めつけ》が動きだしたのを知った。もちろん自分を捕縛《ほばく》するためだ。当然国には帰れなくなった。かといって無用心に江戸にいれば、町方の目が光っているのもわかっていた。

以来、津久間は流浪《るろう》の旅をつづけてきたが、もはやそれにも疲れ切っていたし、体が弱っていた。

(おれの胸を蝕《むしば》む悪霊《あくりょう》がいる。この胸に……)

津久間は自分の痩せた胸を掻《か》きむしった。

そのとき表から声が聞こえてきた。津久間はじっと息を殺した。

「津久間さん、いるんでしょう。寝てるんですか……」

ひそめられた声には覚えがあった。

「入れ」

返事をすると、がたぴしと戸口が音を立てて開いた。入ってきたのは近くに住む、左平《さへい》という百姓だった。

「どうした?」

「やつらがあらわれました。行ってもらえますか」

「おう」

津久間は重い腰をあげて表に出た。夜目《よめ》の利く星月夜だったが、左平が提灯を持って道案内に立った。

「やつらは今日も村の女を手込めにして、好き放題です。このままじゃわしらは安心して夜も眠れません」

「………」

黙って歩く津久間は、何度か咳をした。

「食い物は盗むし、乱暴はするし、始末に負えません。役人はいくらいってもなにもしてくれません。頼れるのは津久間さんだけです」

「何人だ？」

「へえ、五、六人です」

津久間はどうせ在《ざい》から流れてきた野盗《やとう》だと思っていた。この時期、江戸近郊には食うに食えなくなった百姓や浪人らが、諸国からやってきては迷惑をかけていた。質《たち》の悪いのが、食いっぱぐれの博徒《ばくと》だった。

左平が案内したのは、祐天寺《ゆうてんじ》裏のとある一軒の百姓家だった。酒に酔ったにぎやかな声が表に漏れていた。

その家に近づくと、どこからともなく左平の仲間が近づいてきた。五人ほどいた。それぞれ武器代わりの鎌や鉈《なた》、あるいは鍬《くわ》を持っていた。

「相手は酒に酔ってるようだ。造作《ぞうさ》ない。おれが斬り込んでやるから、逃げるやつは捕まえてなぶり殺しにしろ」

津久間は目を光らせて、左平らを眺めると、さらりと腰の刀を抜き、目の前の百姓家に向かった。その足取りには微塵《みじん》の躊躇《ためら》いもなかった。

戸口に近づくにつれ、家のなかから下卑《げび》た笑い声が大きく聞こえるようになった。

津久間は体に倦怠感《けんたいかん》を覚えていたが、戸口を蹴破って土間に躍《おど》り込んだ。

座敷で酒を飲んでいた賊たちがそのことに驚き、呆気《あっけ》に取られた顔を向けてきた。男たちは五人。どれもこれも酒に酔って顔を赤くしていた。そばには家の主《あるじ》とおぼしき男が肩をすぼめて座っている。さらにその女房と娘は、奥座敷でほとんど裸に近い白木綿の湯文字《ゆもじ》姿で転がされていた。

「なんだてめえは……」

そばにいた男が吼《ほ》え立てた刹那《せつな》、津久間は刀を振りあげていた。

ビュッと血潮《ちしお》が障子に飛び散り斑点を作った。男の右腕が肩から切断されており、ごろりと上がり框《がまち》に転がった。

その男が獣じみた悲鳴をあげたとき、津久間はすでに座敷に飛びあがっており、長脇差に手をのばした男の後ろ首をたたき斬っていた。

「ぎゃあ!」

残る三人は津久間に刃向かおうと片膝を立て、長脇差を向けてきたが、ひとりはかなり酩酊《めいてい》しており、体をふらつかせていた。

津久間は無言のまま足を進めると、下段から突きを送ってきた男の刀を、左に払いのけると同時に、袈裟懸《けさが》けに斬り捨てた。さらに横から脚をねらい撃ちにきた男の刀を打ちたたいた。

ガシッと、鋼の音がして、相手は刀を落とした。そのまま後手《うしろで》をつき、恐怖におののいた顔で、

「や、やめろ。き、斬らねえでくれ」

と、懇願したが、津久間は無表情のまま、なにも言葉を発せず、ずいと足を踏みだすなり、男の顔面を斬った。さらにとどめの一撃を、心の臓に突き刺した。

残るひとりはひどく酔っている男で、ふらふらと立ちあがって逃げようとした。津久間は追いかけるように接近すると、背中に一太刀浴びせ、さらに脾腹《ひばら》を斬った。

あっという間に、賊たちの楽しい〝宴〟は幕を閉じた。畳は血の海と化し、天井や襖《ふすま》や障子、壁には賊たちの血痕《けっこん》が飛散していた。

家の主と女房と娘は、蒼白《そうはく》な顔で声もなく恐怖していたが、津久間は三人をちらりと見ただけで、そのまま表に向かった。

暗がりから左平らがおそるおそる近づいてきた。

「どうなりました？」

「終わった」

短く応じた津久間は、そのまま来た道を引き返した。ひどく疲れていた。早く帰って休みたいという欲求だけが強かった。左平らがなにか声をかけてきたが、津久間はそのまま歩きつづけた。

五

「へえ、そりゃあおかしなことですね」

伝次郎の話を聞いた圭助《けいすけ》は、垂れた眉をさらに垂れさせて首をひねった。船宿「川政《かわまさ》」の若い船頭だ。

「もしや、心中でもしたんじゃないかと慌てて近くを探したが、その様子はなかった。今朝も死体があがったという話もない」

伝次郎は脱いだ雪駄を櫓床のそばにきちんと揃えて置いた。半刻ほど前まで小名《おな》木川《ぎがわ》は川霧に包まれていたが、いまは朝日にきらめいている。

「そんな話は聞きませんでしたね。親方たちもなにもいっていませんでしたし

「……」

「おれの舟に乗った客が死体であがったんじゃ気味が悪いからな。まあ、あの二人は話し合っているうちに気が変わって、どこかに行ったんだろう。そう思うしかない」

「客にはいろんなのがいますからね。それじゃ伝次郎さん、おいらはそろそろ行きます」

圭助はそういって、隣につけていた自分の舟に乗って大川のほうへ棹を立てた。

伝次郎は去りゆく圭助の舟を見ながら、ふうと、小さな吐息をついて棹を手にした。対岸の船着場にいる船頭たちは、舟出しの支度をしたり、舟の手入れをしていた。

そのほとんどが川政の船頭たちだ。みんな威勢がよくて、気のよい男たちばかりだった。酒癖が悪かったり、気の短いものもいるが、伝次郎は主の政五郎《まさごろう》をはじめとした船頭たちとうまくやっていた。

持ちつ持たれつで、ときに客を譲り合いもするし、政五郎の手が足りないときは、伝次郎も手伝っていた。

小名木川にはすでに舟が行き交っていた。荷を積んだ平田舟《ひらたぶね》や茶舟《ちゃぶね》、そして行徳《ぎょうとく》船《ぶね》。江戸市民の足となっている猪牙舟が、縦横《じゅうおう》に走っている水路や川を行き交うのはこれからである。

河岸場でも上半身裸の男たちが汗を流していた。河岸道には行商人や侍の姿もあり、暖簾《のれん》をあげた商家の前で丁稚《でっち》が掃除をしていた。気候のよい時季であるし、いつになく江戸の町は活気づいているように思われた。

伝次郎は菅笠《すげがさ》を被《かぶ》ると、ゆっくり舟を出した。向かうのは柳橋《やなぎばし》である。三日あるいは四日に一度は、柳橋あるいはさらに神田川《かんだがわ》上流の佐久間《さくま》河岸《がし》あたりで客待ちをするようにしていた。

客を拾いやすいということもあるが、伝次郎には仇《かたき》である津久間戒蔵を探すという目的もあった。自分が町奉行所同心を辞したことを、津久間が知っているかどうかはわからない。また、江戸市中に潜伏しているかどうかもわからない。

それでも伝次郎は河岸道を行く浪人らに注意の目を注ぐ。これは長年町奉行所同心として、犯罪者を追ってきた人間の〝カン〟であった。心許ないカンではあるが、そのことを無視することはできない。

津久間戒蔵は追われる人間である。町奉行所からも津久間が仕えていた唐津藩からも追跡を受けている。当然、津久間が郷里に帰っているはずはない。どこか知らない国に潜伏していると思われる。

しかし、伝次郎は津久間は江戸に戻ってくると信じていた。見知らぬ土地に津久間が根を下ろすとは思えない。また、諸国は飢饉《ききん》に喘《あえ》いでいてよそ者が入っていっても楽はできないはずだ。現に飢饉に喘いでいる在から江戸にやってくる流人は絶えない。

勤番侍だった津久間は、江戸に慣れ親しんでいる。人間は住みやすいところに移動する。そう考えれば、津久間は江戸に戻ってこなければならない。江戸は広いし、人も多い。息をひそめ、目立たないようにしていれば、町奉行所の目を逃れることもできる。

伝次郎が仇である津久間の立場になって考えると、どうしてもそうなるのだ。いつ獲物がかかるかわからない罠《わな》を仕掛けて、気長に待っている恰好ではあるが、酒井彦九郎や松田久蔵が津久間の情報を集めてくれている。

悪を成敗《せいばい》するには、困難で地道な作業を克服しなければならないときがある。それがいまの伝次郎に課せられた試練であった。

午前中三組の客を拾い、昼時に芝翫《しかん》河岸に戻った。

舟を雁木《がんぎ》につなぐと、河岸道にあがって深川元町《もとまち》に向かい、「めし　ちぐさ」の暖簾をくぐった。気候がいいので戸は開け放たれていた。

「あら、いらっしゃい」

土間席の縁台に置かれた煙草盆の手入れをしていた千草が振り返って、小さな笑みを浮かべた。早いですねと、言葉を足す。

「うむ、一段落したからな。飯を食ってから、もうひとはたらきだ」

「ご苦労様です。鰆《さわら》が入っていますが焼きますか？」

「もらおう。それから妙な噂は流れていないか？」

「はて、どんなことでしょう……」

千草は長い睫毛《まつげ》を動かして、目をしばたたいた。色白の顔が障子の照り返しを受けてつややかだった。

「流れていないようだな。いや、昨夜妙なことがあってな」

伝次郎はそういって、昨夜山谷堀で乗せた男女の話をした。

「それは気になりますね。いったいどうしたんでしょう。でも死人があがったなんて話は聞いていませんよ。きっと、勝手に舟を降りてしまっただけでしょう」

「そう考えるしかないな」

伝次郎が応じると、千草は板場《いたば》に引っ込んだ。江戸のものは噂が大好きだ。そして、それはあっという間に広がる。それも尾ひれがつくことがしばしばあるので、真偽を見きわめるまでは気をつけなければならなかった。

とにかく、水死体があがった節はないようだ。気にすることはないかと、なだめるように自分にいい聞かせて煙草入れを出した。

板場からみそ汁の匂いが漂《ただよ》ってきた。千草は早くに亭主を亡くして独《ひと》り身《み》である。そのために女の細腕で、この店を切り盛りしている。明るくて気丈で気《き》っ風《ぷ》がよいので、客受けがよい。なかには千草めあてにやってくる客もいるようだ。

煙草を喫《の》んでいると、二人の職人がやってきた。顔見知りだから軽く挨拶《あいさつ》を交わす。ほどなくして千草が膳部《ぜんぶ》を運んできた。

鯖の塩焼きにみそ汁、香《こう》の物、そして大盛りの飯だ。湯気《ゆげ》の立つみそ汁に箸をつけ、鯖を食した。いまが旬だから新鮮な味がすると思うのは、錯覚かもしれないが、満足である。

飯を半分ほど平らげたとき、手の空《あ》いた千草が茶を運んできた。

「今夜見えますか？」

と、誘うような視線を向けてくる。

「うむ、なにもないと思うが……どうした？」

「いいえ、酒の肴《さかな》に鰆の料理を召し上がっていただこうかと思っているだけです」

「そりゃあ楽しみだな」

伝次郎は飯を頬ばる。

「刺身もありますが、真子《まこ》を煮物にして、白子《しらこ》を茹《ゆ》でようと思うんです。白子は酢醤油で食べるとおいしいですし、いい酒の肴になります」

「それを聞いちゃ来ないわけにはいかねえだろう」

伝次郎は町人言葉で応じる。

「じゃあ待ってますわ」

千草は嬉しそうに微笑んだ。

伝次郎も笑みを返した。贅沢《ぜいたく》はできないが、ときにうまいものを食べるのは唯一の楽しみである。鯖は新鮮なうちは塩焼きがよいが、翌日なら柚《ゆず》あんや味噌をつけた田楽《でんがく》ふうにして食べると味が引き立つ。旬の魚にもいろんな食べ方があるし料理の仕方がある。

中食《ちゆうじき》の後、舟に戻った伝次郎は、しばらく芝翫河岸を動かずに客待ちをした。流しの客拾いもあるが、船着場や所定の河岸場で客を待つのが基本である。それに伝次郎はどこの船宿にも属していない身である。好き勝手に動きまわれば、他の船宿の船頭から苦情もくる。そんな面倒は極力避けるようにしていた。

午後から二組の客を乗せたが、いずれも深川《ふかがわ》と業平橋《なりひらばし》という近場であった。忙しい日もあれば、そうでない日もある。

（船頭稼業も楽ではない）

と、棹をさばきながら思う伝次郎だが、それはそれで自分なりにやり甲斐《がい》を感じてもいたし、この仕事が板についてきたことも自覚している。

大横川を南へ下る伝次郎はときどき河岸道に目をやる。客を探すためでもあるが、舟の上から町屋《まちや》を眺めるのも一興である。それに川沿いの土手道には、可憐《かれん》な花が咲いている。どくだみもあれば、紫や青、あるいは白い花もある。武家屋敷の塀越しに道へせり出している辛夷《こぶし》の花は、青い空に映《は》えている。

（あれ……）

棹をさばく手を止めたのは、大横川と竪川の交叉する地点まで来たときだった。これからくぐろうとする南辻橋《みなみつじばし》をわたっていく女がいたのだ。それは昨夜浪人と乗り込んできた女に似ていた。目を凝らして後ろ姿を追いかけたが、やがて町屋の角に切れて見えなくなった。

（たしかに昨夜の女だったような……）

伝次郎はそんな気がしてならなかった。

六

格子窓から入り込む夕日が、床板に帯を走らせていた。表には鳥たちの鳴き騒ぐ声があるが、有道館の道場は重苦しい沈黙に包まれていた。

道場に端座《たんざ》しているのは、相馬弥之助ら十四人ほどの門弟たちだった。弥之助らは母屋からの連絡をそうやって待っているのだった。医者が去ってから一刻はたっている。

旅の武芸者だと名乗る大田原忠兵衛に敗れた布川清左衛門の容態《ようだい》が急変したのは、今朝のことだった。娘の亜紀《あき》の話によると、おかしくなったのは朝餉《あさげ》の後のことらしい。それまでは普段と変わらなかったという。

ただ、大田原と対戦したときに、脳天をしたたかに撃ちたたかれ、くわえて昏倒《こんとう》したときに後頭部を羽目板に打ちつけていた。そのときの衝撃が残っていたらしく、頭を気にしていたという。

清左衛門が倒れたのは朝餉をすませたあと、厠《かわや》に行く途中だった。亜紀がどすんという音に驚いて、縁側に出ると横になっていた。亜紀が声をかけても返事をせず、やがて清左衛門は寝ているときのように鼾《いびき》をかきはじめたという。

これはおかしいと思い、近所の医者を呼んで診《み》てもらったが、やはり清左衛門の意識は戻らなかった。医者の診立《みた》ては、

「これは助からぬかもしれぬ」

という、絶望的なことだった。

そのことで慌てた亜紀が急いで門弟たちを集めたのだった。

弥之助は、じっと自分の膝許を見つめていた。格子窓の影が長くなりながらゆっくり動いている。

(先生にもしものことがあればどうなるのだ?)

この道場はつぶれてしまうのかと、弥之助は気を揉《も》みながら、清左衛門に持ちなおしてほしいと、祈るような気持ちだった。

「いかぬのか……」

沈黙を破ったものがいた。それをきっかけに、いままで黙っていた門弟たちがぼそぼそと声を漏らした。

「倒れられたとき、壁に頭を強く打たれたからな……」

「衝撃で脳がやられると、快復しても体に痺《しび》れが残るらしい。それに、言葉がしゃべれなくなると聞いたことがある」

「うちの近所には馬に頭を蹴られ、杖をついて歩いている年寄りがいる。まさか、そんなことになりはしないだろうな」

弥之助はみんなの話を聞くともなしに聞きながら、膝に置いていた手をにぎりしめた。

（あれしきで、死ぬわけがない）

と、強く思う。

「おい、黙れ。勝手なことを口にするんじゃない」

年配の兄弟子がおしゃべりをする門弟らに注意を与えた。

再び、道場は沈黙に満たされた。

弥之助は膝許から視線をあげると、ふーっと長いため息をついて、口を引き結び、宙の一点を見据えた。

清左衛門と師範代の木村倫太郎を打ち負かした大田原忠兵衛の不遜な顔が脳裏に浮かぶ、道場を侮辱し、嘲《あざわら》って帰っていったあのときの屈辱《くつじょく》は、怒りとなっていまも腹の底でくすぶっている。

清左衛門と師範代が負けたことには落胆《らくたん》したが、それよりも大田原に対する憤怒《ふんぬ》が勝っていた。もし自分に相応の力量があれば、あのとき大田原に挑戦していただろうと思う。

（いや、ちがうッ）

弥之助は強く心の内で否定した。

負けるとわかっていても、なぜあのとき大田原に試合を挑まなかったのだ。そのことが悔しくて情けなかった。負けを承知で、敢然《かんぜん》と立ち向かうべきだった。そうしなかった自分がたまらなく悔しかった。

(死ぬな先生！　死なないでください！)

弥之助は胸の内で叫んだ。

そのとき、道場と母屋をつなぐ廊下に足音がした。全員がそっちに目を向けた。やってきたのは師範代の木村倫太郎だった。道場に足を踏み入れると、神妙な顔で門弟たちをひと眺めした。

「いま、先生が息を引き取られた」

うわーっと突っ伏して泣くものがいた。

「嘘だろう……」

と、呆然《ぼうぜん》となるものがいた。

多くのものが予期もしない清左衛門の死に、茫然自失《ぼうぜんじしつ》の体《てい》でいた。弥之助はそんな仲間にはかまわず、蹴るように立ちあがると、母屋に駆けた。

「弥之助！」

倫太郎が制止しようとしたが、弥之助は聞かなかった。

どたどたと廊下を走ると、清左衛門が寝ている座敷に飛び込んだ。一瞬、亜紀と目があった。亜紀の目は涙に濡れ赤く腫《は》れたようになっていた。

「先生！　起きてください！　先生ッ！　死んではなりません、先生……」

枕許に座った弥之助は大声をあげて、清左衛門の体を揺すったが、もうそれはただの死体であった。それでも弥之助はその死をすぐには受け入れたくなかった。

「先生、先生……」

何度も呼びかけるうちに、いいようのない悲しみに心が張り裂けそうになり、涙が噴きこぼれた。そのままがっくり肩を落とし、背中を打ちふるわせた。

はたと気づくと、座敷口に他の門弟たちも顔を揃えていた。

「無念でなりませんが……手厚く葬るしかありません……」

清左衛門の妻・ゆうだった。気丈なことをいったが、その顔は一挙に老け込んだように憔悴《しょうすい》していた。

清左衛門の死は残念で、悲しいことではあるが、そのまま涙に暮れているわけにはいかなかった。早速、通夜や葬儀の段取りがつけられた。

弥之助はその間、なにもできずに、腑抜《ふぬ》け面《づら》のまま道場の片隅に座っていた。母屋から僧侶の読経《どきょう》が聞こえていた。焚《た》かれている線香の匂いが、風に運ばれてきて道場にたまっていた。

「ここにいらしたのね」

ふいの声に顔をあげると、亜紀がそばに立っていた。

「…………」

「父は剣で倒れたのです。最後の勝負に負けはしましたが、わたしは父は立派な人だったと誇りに思っています」

弥之助は黙って亜紀を見あげた。

「弥之助さんがいくら悲しんだからといって、父は還《かえ》っては来ません。だから……」

そういった途端、亜紀の顔が悲痛にゆがみ、その場にくずおれた。肩をふるわせ嗚咽《おえつ》を漏らし、ぽとぽとと床板に涙をこぼした。

「亜紀さん、泣けばいいよ。好きなだけ泣けばいいんだ。堪《こら》えることはない」

弥之助は亜紀の肩にそっと手をかけ、それから抱きよせるようにした。

「仇は……仇はわたしが討つ」

力を込めていった弥之助に、亜紀がはっと泣き濡れた顔をあげた。

「大田原忠兵衛を倒してみせる」

弥之助はそういって、きりりと口を引き結んだ。

第二章　山城屋

一

暖簾を下げた千草がお休みなさいといって見送ってくれた。伝次郎はそのまま自宅長屋に向かう夜道を歩いた。町屋の角を曲がるまで、背中に千草の視線を感じていた。振り返りたい思いがあったが、なんとなく照れくさくてできなかった。

町木戸《まちきど》がそろそろ閉まる時分《じぶん》だった。

明るい月夜の晩で、提灯もいらなかった。先の居酒屋から酔った職人が三人ほど通りに出てきた。

「今夜はずいぶん明るいな。昼間みてえじゃねえか」

ひとりが呂律《ろれつ》のあやしい口調でいった。

伝次郎は自宅長屋である惣右衛門店の路地に入った。暗い路地にも月あかりは忍び込んでいた。井戸端のほうで野良猫がニャアと鳴いていた。

伝次郎は家に入ると、狭い居間にあがって、ふっと一息ついた。めったに深酒はしないので、心地よい酔いを感じているだけである。

冷めた出涸《でが》らしを湯呑みについで口に運ぶと、瞼《まぶた》の裏に千草の顔が浮かんだ。ときどき自分を見る目に愁《うれ》いがある。なにかをいおうとして、開きかけた口が閉じるときもある。伝次郎はなにをいいたいのか聞きたいと思うが、あえて気づかぬ顔をしていた。それでも、心の通いあいを感じる。

（千草もおれも……）

と思うときがある。もっともそれは単なる自分だけの思い過ごしで、千草は別のことをいいたいのかもしれない。躊躇いを見せるのは、おそらくそれ以上踏み込んではならないということがわかっているからだろう。

冷めた茶を飲みほして、夜具を隠している枕屏風《まくらびょうぶ》に手をかけたとき、ぱたぱたと慌てたような足音が聞こえてきた。やがて、足音は戸口の前で止まり、

「伝次郎さん」

という声がした。千草だった。

「どうした？」

「大変なんです。ちょっと来てもらいたいんです」

「なにがどう大変なんだ？」

伝次郎は三和土《たたき》におりて腰高障子《こしだか》を開けた。

「店の前で人が倒れたんです。ひどい怪我をしているし、苦しそうなんです。こんな時分ですからお医者も休んでいるかもしれませんし、とにかく来てくれないかしら」

「そんなにひどいのか？」

伝次郎は表に出た。

「斬られたようです。お侍ですから、喧嘩でもしたのかもしれませんが……」

とにかく様子をみてくれと、千草は自分の店に引き返した。

怪我をしている侍は、店の小上がりに横になっていた。伝次郎と千草を見ると、

「申しわけない」

といって、半身を起こして壁に背中を預けた。肩口のあたりが血で濡れていた。まだ出血をしているようだし、顔色がよくない。

伝次郎は手当てをするために千草にいくつかの指図をした。いわれた千草はてきぱきと動き、湯を張った桶《おけ》と手拭いと晒《さらし》を持ってきた。その間に、伝次郎は侍の傷の具合を診た。肩口を抉《えぐ》られたように斬られているが致命傷ではない。しかし、出血がひどい。

傷口を洗って焼酎で消毒をすると、晒を巻いてやった。そのことで出血は収まったが、侍は体力を消耗していた。

「かたじけない。見ず知らずのものに迷惑をかけて……」

「あんたの名は？」

「わたしは赤松由三郎《あかまつよしさぶろう》と申す。この礼は後日あらためてしたい。とにかく楽になった。すまぬな」

赤松は気のよさそうな顔をしていた。三十年配の男だ。

「家はどこです？」

伝次郎の問いに、赤松は傷が痛んだのか、うっと顔をしかめてから答えた。

「本所永倉町だ。手当てをしてもらい気分も落ち着いたので、帰ろう。迷惑をかけた」

「お待ちを」

立ちあがろうとする赤松を伝次郎は引き留めた。

「その体ではまた倒れるかもしれません。どうしてこうなったか知りませんが、出血がひどかった。送っていきましょう」

「いや、それには及ばぬ」

「強がらないで送ってもらったほうがよいですわ。この人は船頭ですから舟に乗せてもらえば体が楽でしょうし……」

千草の言葉で、赤松は伝次郎をあらためて見てから、

「船頭であったか。いや、それではそなたらの気持ちに甘えることにしよう。舟賃《ふなちん》はちゃんと払う」

といって折れた。

伝次郎は赤松を舟に乗せると、夜の小名木川をゆっくり東に上った。油を流したように穏やかな川面《かわも》には、空に浮かぶ月と、あかりをつけた舟提灯が映り込んでい

た。暗い河岸道に人通りはなく、夜商いの店もほとんどが暖簾を下ろし、軒行灯の火を消していた。

「すまぬな。こんな夜分に手を焼かせて……」

赤松は同じようなことを何度か口にして、伝次郎にすまなそうな顔を見せた。

「申しにくいこともあるでしょうが、いったいなにがあったんです？」

伝次郎は棹をさばきながら訊《たず》ねた。

「不覚であった……」

赤松は斬られた肩のあたりをさすってつぶやいた。

「昔から面倒を見ている中間《ちゅうげん》がおってな。そやつが困り果てていたので、談判《だんぱん》に行ったのだが、どうにも厄介なことになって……」

赤松は暗い川面を眺めながら、とつとつとその経緯《いきさつ》を話した。

赤松に相談を持ちかけたのは、ほうぼうの侍屋敷で中間奉公をしている文吉《ぶんきち》という男だった。その文吉が山城屋《やましろや》という高利貸に金を借りたのだが、利子があまりに高くて返せなくなった。

「あっしは元金を払ったんですが、あと八両だとぬかしやがるから、もうそんなことは知ったこっちゃないと、へそを曲げて知らんぷりを決め込んだんです。ところが取り立てに来やがった野郎が、このまま残り金を払わないならどうなるかわからないと脅かしやがるんです」

やくざまがいの取り立てに腹を立てた文吉は、びた一文払うかとケツをまくった。すると二、三日して山城屋から呼びだしがあった。気は進まなかったが、まあ道理にかなった利子ぐらいなら払おうと思って出かけていった。

「こっちも借りている手前、利子も払わないじゃ道理がとおりませんからね」

そう思って文吉は山城屋へ行くと、先に幾ばくかの利子を払った。ところが、山城屋はこれではまったく足りない。だが、少しは考えて利子を半金にしてやるから五日以内に金を工面《くめん》してこいと迫った。その額は五両だった。

二両借りて五両の利子じゃ間尺《ましやく》に合わない。文吉は「ああ、払ってやるよ」と返事をしたが、まったくその気はなく、無視を決め込んだ。

「ところが、また取立人がきたらしいのだ。その男は、今度は文吉の妹を預かっているから取り返したければ金を持ってこいといい、もし金の都合がつかなければ、妹を岡場所に沈めると無体《むたい》をいったらしい。文吉にとって妹は大事な身内である。女郎《じょろう》などにはできない。かといって文吉には金がない。それでわたしを頼ってきたのだ」

「それで赤松さんが、代わりに話をしに……」

伝次郎はゆっくり棹をさばきながら赤松の背中を見た。

舟は小名木川から大横川に入っていた。

「わたしは山城屋へ行って文吉から聞いたことを話し、妹を返してもらい、少しの利子を付け足すことで折り合いがつけばよいと考えていたのだが、そうはいかなかった」

「…………」

「相手は文吉のいっていることは出鱈目《でたらめ》だとぬかす。談判に来たのが侍だからといって、はいそうですかと引っ込む山城屋ではないと、開きなおった。そうなるとわたしも武士であるから黙ってはおれぬ。金を借りたのは文吉であって、あやつの妹ではないし、その妹を女郎屋に売り飛ばそうというなら、この腰の刀が黙っていないと迫ったのだ」

「…………」

「ところが山城屋には用心棒がいた。そやつが出てきてわたしを追い返す。負け犬のように引き下がるわけにはいかないから、表に出ろということになり……」

それで斬られてしまったらしい。

「では、まだ話はすんでいないのですね」

「山城屋は聞く耳を持っておらぬ。むろん、このまま黙って引き下がっているつもりはないが……」

伝次郎は、悔しそうに唇を噛む赤松を見た。

舟は竪川に出たところだった。赤松は三ツ目之橋のそばで降ろしてくれという。

伝次郎はそっちに舟を向けた。

「借りた金の利子はともかく、妹を人質にするというのは感心できませんね」

「やつの妹だけでも返してもらわなければ困る」

「もっともなことです……」

伝次郎は舟を緑町《みどりちょう》河岸につけて、

「送ってまいりましょう」

といったが、赤松は断った。

「足がふらついていますよ。ここまで来たんです。遠慮はいりません」

「さようか……すまぬな」

伝次郎は赤松を庇《かば》うように歩きながら、家まで送っていった。赤松の住まいのある本所永倉町は、幕府の軽輩《けいはい》や御家人《ごけにん》たちが多く住まう武家地である。あたりはひっそりと静まりかえっていた。

「では、お大事に」

伝次郎は木戸門の前で立ち止まった。

「いや、ここまで来たのだ。茶ぐらい飲んでいってもらおう。それから妻にも礼をいわせなければならぬ」

「それには及びません」

「いやいや待っておれ」

赤松はそういって玄関に歩いていくと、

「はる、出てこい。はる」

そういって戸を開けて妻の名を呼んだ。すぐにはるという妻女が玄関に姿をあらわした。その瞬間、伝次郎は目をみはった。先夜浪人といっしょに舟に乗り、姿をくらました女だったのだ。

二

はるは夫を見て、それから伝次郎に目を向けたが、軽く目で会釈しただけだった。

（覚えていないのか……）

伝次郎はそう思った。

「むさ苦しいところではあるが、なかに入ってくれ。はる、わけあってこの方が親切にしてくださったのだ。茶の支度を……」

「いや、わたしはここで……」

伝次郎は辞退したが、赤松は強引だった。

はるが夫の怪我に気づいたのはそのときで、どうしたのだと訝《いぶか》った。

「話せば長い。とにかく茶だ」

赤松にいざなわれて、伝次郎は座敷にあがった。武家地にある一軒家であるが、大きな家ではないし、門構えから赤松が御家人であるのはわかった。

そして、赤松は自ら自分が非役の身であることを話し、はるにも文吉の頼みを聞いて災難にあい、千草に助けられ、さらに伝次郎の手当てを受け、送り届けてもらったと説明した。

「それは大変なご親切を……。ありがとう存じます」

はるは丁寧に両手をついて頭を下げた。

「いえ……」

やはり、はるは自分のことを覚えていないのだと伝次郎は思った。勧められるまま茶を飲み、しばらく赤松の愚痴とも取れる話を聞かされた。その話しぶりや伝次郎に対する気遣いから、赤松の人柄がなんとなくわかった。

（人のよい男なのだな）

というのが一番の印象である。それにおとなしそうな顔も、他人の痛みをわかる人柄をあらわしているようだった。しかしながら、先夜、山谷堀から舟に乗り込んできた男ではなかった。あの男はもっといかめしく、体も大きかったし、体全体に獣じみたような雰囲気があった。

「では、そろそろお暇《いとま》させていただきます」

伝次郎はころ合いを見計らって赤松に声をかけた。

「いや、すまぬ。遅くまで引き留めて申しわけなかった。それから、これはわたしの気持ちである。舟賃も入っている」

赤松は急いで心付けを差しだした。

「いえ、こんなことは……」

「遠慮はいらぬ。そなたの手当てのお陰で助かったのだ。傷の痛みも治まってきた。まことに今夜は感謝の念に堪えぬ」

赤松が大仰《おおぎょう》に頭を下げれば、はるもそれにならった。

伝次郎はそのまま帰るつもりだったが、玄関まで行ってから、赤松を振り返った。

「赤松さん、さっきこのまま黙って引き下がってはいないようなことをおっしゃいましたが、また山城屋に出向かれるのですか？」

「あたりまえだ」

「その傷です。あまり無理はしないほうがよいと思いますが……」

「そうはいかぬ。無体を申したのは先方だ。当方に非はないのだ」

「それはそうでしょうが、他のことをお考えになったほうがよいと思いますが……」

「おぬしの心配することではない」

伝次郎はそれ以上いえば、他人への干渉になり失礼かと思い黙っていた。

帰路についた伝次郎は、はるのことと、いっしょに乗り合わせた男のことを考えた。いったいあの男とはるはどういう関係なのだ。穿鑿《せんさく》すべきことではないが、気になったし、先夜の男のことを赤松も知っているのだろうかという疑問が心の内にあった。

翌日、伝次郎は仕事の合間を縫って、海辺大工町《うみべだいくちょう》にある高利貸・山城屋のそばまで行ってその佇《たたず》まいを眺めた。商売柄どこといって目立つ店ではないし、奉公人や赤松に斬りつけたという用心棒の姿も見られなかった。

しかし、近所では「上町《かみちょう》の金貸しですか」と、嘲笑《ちょうしょう》と皮肉まじりの言葉が聞かれた。あまり評判はよくないようだ。上町というのは、小名木川南岸沿いにつづく海辺大工町の一部のことで、大川河口に近い地域を指す。

町の背後には大名屋敷や大身旗本《たいしん》の屋敷がある。山城屋はそんな屋敷の勤番侍や使用人たちを、贔屓《ひいき》の客にしているのかもしれない。なにより、大名家のものや旗本家のものなら身許《みもと》がしっかりしているので、めったに貸し金を取りはぐれることがない。

「お子さんはいらっしゃらないのね」

千草の店で遅い昼餉をとっていると、手が空いた千草がそばにやってきて赤松のことを訊ねていった。

「ご新造《しんぞ》と二人暮らしだ。子を望んだができなかったといっていた」

「お子さんがいらして、もしものことがあったらあとが大変ですからね」

「……うむ」

伝次郎は飯を食べ終わり、茶を飲んだ。

「怪我だけですんでよかったですわ」

「そうだな」

伝次郎が応じると千草は、空いた器を片づけて板場に運んでいった。

ここしばらく天気つづきで、陽気がいい。ちらほら見られるようになった燕《つばめ》が、町屋の庇《ひさし》に巣を作っていた。

伝次郎は赤松のことも気になっていたが、はるのことも気になっていた。色白で男好きのする顔立ちだが、どことなく醒《さ》めた目に気の強い色があった。

(いったいあの晩、あの浪人とどこに消えたのだ……)

はるに会わなければ、気にすることなく忘れていることだろうが、どうにも頭の片隅に残っていて消えなくなった。

しかし、もっと気になるのが、赤松と山城屋のことである。昨夜の話だと、遅かれ早かれ赤松が山城屋に乗り込むのは必至だろう。そうなると、今度は怪我だけではすまされないかもしれない。

それに赤松に相談を持ちかけた文吉という男のことも気になってきた。船頭になってはいるが、こんなことに気をまわすのは、

(やはり、おれは町方の気色が抜けきれないでいるのか)

と、伝次郎は苦笑するしかない。

三

布川清左衛門の野辺《のべ》送りは無事に終わった。

その魂が妙亀山総泉寺《みょうきさんそうせんじ》の墓地に葬られた日の遅い午後、相馬弥之助と亜紀は総泉寺の北を東西に流れる思川《おもいがわ》の畔《ほとり》に立っていた。

日が大きく傾き、二人の影が野路に長くのびていた。

「……やっぱりやめてください」

川面に目を向けていた亜紀は、顔をあげて弥之助を見た。亜紀の顔には西日《にしび》があたっていた。その顔に父を失ったという悲しみの色は残っているが、美しかった。

道場主の娘らしく気丈《きじょう》な目をしているが、鼻筋の通った丸い鼻と、ぷくりとした唇は魅力的だった。

「亜紀さんは、それで気がすみますか？」

「もちろん悔しくてたまりません。でも、相手は父を倒し、師範代の木村さんまで負かした男です。そのことを考えると、弥之助さんの相手ではないと思います」

「泣き寝入りをすると、そういうのですか」

弥之助は目を厳しくして亜紀を見た。

「そうではありません。大事な父を亡くし、この上弥之助さんまで失うようなことになったら、わたしはどうすればよいのです。ことを急《せ》くより、いまは弥之助さんは腕に磨きをかけるべきだと思います。どうか、思いとどまってください」

「しかし……」

弥之助は唇をぐっと結んで、遠くに視線を向けた。亜紀はその横顔を見つめた。

「弥之助さんの気持ちはわかります。そう思ってくださることは、わたしも嬉《うれ》しいのです。でも無理はしてほしくない。無理をしたばかりに、命を落とすようなことになったらどうするのです。お願い、父の二の舞にはなってほしくありません」

なんとか弥之助を思いとどまらせようとする亜紀の目の縁《ふち》が赤くなった。弥之助がやろうとしていることは無謀すぎる。弥之助自身もわかっているはずなのに、こうと決めたらあとに引けない男なのだ。それゆえに、亜紀は説得しなければならなかった。

「……宮本《みやもと》も原口《はらぐち》も吉田《よしだ》も道場を去った。恥をかかされたまま道場をつづけていくことはできないのではありませんか。師範代だってあれ以来元気がないし……」

亜紀も道場の存続を危ぶんでいた。しかし、道場が潰れてもしかたないことだと思っている。母・ゆうも半分あきらめている。

「道場のことはしばらく様子を見るしかありません」

「でも、先生がいなくなったいまはどうすればよいのです？　亜紀さんは道場がなくなっても平気ですか？」

「……つづけることができなければ、それはしかたないことです」

「それはだめだッ」

弥之助は強く反撥《はんぱつ》した。

「道場はつづけなければ、先生の遺志を継ぐことはできない。たとえ、道場に草木が生えようと、先生が手塩《てしお》にかけ、それこそ一言ではいえないほどの苦労をなさって作られた道場だ。先生が亡くなったからといって、あっさり道場を閉めるのは納得できない」

「いますぐそうするというのではありません。閉める、つづけるは様子を見てからのことです。とにかくわたしは、弥之助さんがやろうとしていることには反対です。

死にに行くようなものではありませんか……」

「死など恐れない。もとより決死の覚悟で戦うつもりだ。殺されても必ずや一矢《いっし》を報いてやる」

西日を受けた弥之助の目が燃えているように見えた。

「死んだらなにもかもおしまいです」

「そうではない」

「それならわたしのことなど、どうでもいいというのですか？」

亜紀は弥之助の目を真正面から見た。

しばらくの沈黙があり、思川の畔を流れる風が、亜紀の後《おく》れ髪《がみ》をそよがせた。暗くなりつつある川には、軽鴨《かるがも》の親子が泳いでいた。

「どうでもよくはないさ」

弥之助は一度視線を外してから亜紀を見、砕けた口調になった。

「どうでもよくはないが……許せないのだ」

弥之助は言葉をついで、拳をにぎりしめた。

(ああ、だめだ、この人はなにをいっても聞きはしない)

亜紀は心の内で深いため息をついて、口を開いた。

「それじゃどうするというのです。これからすぐ仇を討ちに行くというのですか？」

「まずは宮本を探す」

「…………」

「やつは卑怯《ひきょう》だ。先生と師範代が負けたからといって、あっさり大田原に寝返ってしまった。勝負というのは一度負けたからといって、つぎも負けるとはかぎらない。わたしも兄弟子と何度も試合をやっているが、勝ったり負けたりだ。亜紀さんも知っているだろう。それと同じだ。それなのに、宮本のやつはあっさり道場を捨てて……」

弥之助はくそッと吐き捨てて、悔しそうに唇を結んだ。

「鉄之進《てつのしん》さんを探してどうするんです？」

わかりきっていることだが、亜紀は聞かずにおれなかった。鉄之進とは弥之助の兄弟弟子だった宮本のことだった。

「大田原の居所を聞くだけだ」

「鉄之進さんを責めてはいけませんよ」

「…………」

「あの人が悪いのではありませんから……」

「先生の通夜に顔を出しただけで、葬儀にはこなかった。冷たいやつだ」

「きっと都合がつかなかったのです」

「亜紀さん、あなたはどうして、そんなにやさしくなれるんだ。鉄之進はさんざん先生に世話になっていたんです。やつも先生を慕い、先生について強くなるんだと、ことあるごとにいっていたんです。ところが蓋《ふた》を開けてみれば……」

「人それぞれです」

「そうだ、人はそれぞれだ。わたしはとにかく大田原を許すことができない」

憤然といった弥之助は、近くにあった草を引きちぎって、黄金色《こがねいろ》に輝きはじめた思川に投げた。それから数歩進んで、亜紀を振り返った。

「しばらく道場には顔を出さない。だが、心配しないでもらいたい。今日明日に大田原と勝負するというのではない」

そのまま弥之助は駆けだした。亜紀は慌てて追いかけるように数間走った。

「だめ、行かないで！」

悲鳴じみた声に弥之助が立ち止まって振り返った。

「行ってはだめです！　いや、いやよ！」

弥之助は深々と一礼すると、また駆け去っていった。

追いかける気力をなくした亜紀は、沈みゆく太陽に向かって走り去る弥之助の姿が見えなくなるまで、その場に立ちつくしていた。そして、その姿が視界から消えると、いいようのない苦しさと悲しみが胸の内からせりあがってきた。

目の縁に盛りあがった涙がこぼれ、夕日をはじきながら頬をつたった。

四

「おや、姿が見えないと思っていたら、どこへ行っていたのです？」

家に帰るなり、母のゆうが顔を振り向けてきた。

「お話をしなければならない人がいましたから……」

「父上のことで……」

「はい」

亜紀は短く答えると、自室に入って短剣を懐《ふところ》に忍ばせた。それから台所に立っている母親の背中に向けて声をかけた。

「ちょっと出かけてきます」

「こんなときに、またどこへ行くというのです。お線香をあげに見える人がいらっしゃるかもしれないから、出かけるのはあとにしなさい」

「すぐに帰ってきますから」

亜紀は逃げるように家を飛びだした。

胸の鼓動《こどう》がドキドキと高鳴っていた。弥之助は今日明日に仇を討つのではないといった。しかし、一途《いちず》な弥之助のことであるから、無分別《むふんべつ》なことをするかもしれない。もし、そんなことになったら、自分も死を賭《と》して弥之助に助《すけ》しようと考えた。

亜紀は夕暮れの道を裾《すそ》前が乱れるのもかまわずに、小走りになって急いだ。

弥之助は父を倒した大田原忠兵衛の顔は知っているだろうが、居所までは知らないはずだ。しかし、道場を去り、大田原のもとに寝返るように駆けていった宮本鉄之進なら知っている。その鉄之進を弥之助は探すといっていた。

鉄之進の家は浅草本願寺《あさくさほんがんじ》北の大番組《おおばんぐみ》同心武家地にある。息を切らせて歩く亜紀は、今戸橋をわたり、浅草花川戸《はなかわど》の町屋を脇目もふらずに先を急いだ。夕日に包まれた町には、仕事帰りの職人や侍の姿があった。商家の前では奉公人たちが呼び込みの声をあげていた。

しかし、亜紀の頭にあるのは弥之助のことだけである。父を失い、そのうえ将来を誓い合った弥之助までも失いたくはなかった。

道場の存続は難しいかもしれない。弥之助も大きな出世を望める侍でもない。それでも、亜紀は弥之助に添い遂げたいという思いがあった。

高札場《こうさつば》のある吾妻橋《あづまばし》の西詰を右に折れると、浅草広小路《ひろこうじ》の雑踏に入った。夕暮れのせいか、芋《いも》を洗うような人出だ。亜紀はそんな人波をかきわけるように進んだ。

(早まらないで弥之助さん。早まってはだめです)

胸の内で祈るように何度もつぶやいた。

浅草田原町《たわらまち》を抜け、寺町《てらまち》に入った先に鉄之進の家はあった。父親は大番組の同心だが、鉄之進はまだ仕官《しかん》できずにいた。親が下役では子供はその威《い》を借りることができない。暇にあかして有道館に通い剣術の腕を磨いているだけだった。

亜紀は武家地に入るとまっすぐ鉄之進の家を訪ねた。開け放された土間奥に鉄之進の母親の姿が見えたので、訪《おとな》いの声をかけると、母親が前垂れで手をぬぐい、乱れた髪に手櫛《てぐし》を入れて急ぎ足でやってきた。

「これはお嬢様、この度は……」

亜紀は悔やみを述べようとする母親の言葉を遮った。

「鉄之進さんはどちらでしょうか？」

「鉄之進……あの子でしたら、さっき弥之助さんが見えて、どこかに出かけていきましたが……」

母親は亜紀の尋常でない顔つきに気づき、目をしばたたいた。

「どこへ行ったかご存じですか？」

「いいえ、なにかあったんでございましょうか……」

「どっちへ行きました？」

「広小路のほうへ向かったようですけど……お嬢様、なにかあの子に粗相《そそう》でも……」

亜紀は母親の問いかけには答えず、表通りに駆け戻った。

弥之助は憎悪に燃えるような目で、鉄之進を強くにらんだ。

「教えられないとは、どういうことだ？　鉄之進、隠し立てすれば黙っておらぬぞ」

「知ってどうする？　おまえがかなうような先生ではない」

「先生……」

弥之助はまぶしそうに目を細めた。怒りが腹のなかでとぐろを巻いていた。

誓願寺《せいがんじ》本堂の裏で、大きな銀杏《いちょう》の木で鴉《からす》が鳴いていた。日の翳《かげ》りもあるが、そこは鬱蒼《うっそう》とした木立《こだち》に囲まれており、周囲と比べて一段と暗い場所だった。

「鉄之進、先生とは誰のことだ？　大田原のことか？」

「他に誰がいる」

鉄之進はふくよかな頬に皮肉な笑みを浮かべた。

「きさま、あれだけ世話になった先生の葬儀にもこずに、尻軽女のように仇のもとに走りやがって、見下げたもんだ。そんな男だとは思わなかった」

「なんとでもいえ。おれはがっかりしたのだ。有道館にいればもっと強くなれると思っていた。だから、先生や師範代の教えを真剣に学び、稽古に励んでいた。ところがなんだ、大田原先生にあっさり負けてしまった。おれは自分の師匠はこんなに弱かったのかと、情けなくなった」

「たわけ！　勝手なことをぬかすな」

弥之助は鉄之進に近づくと、襟《えり》をつかんだ。

「きさまには恩というものがないのか？　尊敬し、世話になった人が侮辱されても平気なのか？　あれは運が悪かったのだ。たった一度だけの勝負でどっちが強いか、それでわかるはずがない」

「わかる。結果を見ればはっきりしているではないか。先生も師範代も大田原先生に負けたのだ。それは曲げることのできない真実ではないか」

ガツン。

弥之助は鉄之進を思い切り殴りつけた。尻餅をついた鉄之進が、頬をさすって挑むような目を向けてきた。

「きさま、おれを……」

「黙れッ」

弥之助は鉄之進に組みついて、馬乗りになり、二回三回と頬を殴ると、襟首をつかんで、渾身《こんしん》の力で絞めた。暗がりのなかで鉄之進の顔が上気《じょうき》し、そして白くなっていくのがわかった。

「きさまなど、殺してやる。この薄情者が……」

首を絞められる鉄之進は、必死に弥之助の腕をつかんで放そうとした。苦しさに耐えながら歯を食いしばっている。

「どこだ。大田原はどこにいる？　教えろ、教えるんだ」

弥之助は手から力を抜いて、鉄之進を見下ろした。

「いえ」

催促したが鉄之進は苦しそうに息を喘がせている。

「きさまみたいな腐ったやつを殺してもしかたがない。おれが殺すのは大田原だ」

「闇討ちでもかけるというのか？」

荒い息をしながら鉄之進がいった。

「そんなことをきさまに教えられるか。さあいえ、いうんだ」

弥之助は再び、鉄之進の首を絞めた。

「いえ、いわねば今度こそ本気で絞め殺すぞ」

首を絞められる鉄之進は苦しそうに首を左右に振り、歯の隙間から声をこぼした。

「いう、や、やめろ……」

弥之助は手を放した。

「どこだ？」

鉄之進は、はあはあと荒い息をして、四つん這いになった。それから顔だけをあげて、憎々しそうに弥之助をにらんだ。

「きさまも殺されりゃいいんだ」

「……どこだ？　教えろ」

「本所茅場町《かやばちよう》だ。あとは自分で調べろ」

弥之助はもう一度鉄之進を殴りつけた。しばらく歩いて振り返ったが、鉄之進は荒い呼吸をしながら、仰向けに倒れていた。

五

「ねえ、大田原さん」

赤松はるは、夜具から這い出て煙草を喫む大田原忠兵衛の肩に顎《あご》を預け、広くて逞しい背中に腕をまわした。二人とも剝き出しの肌に、うっすらと汗をにじませていた。

「なんだ」

大田原はつっけんどんにいって、煙管を吹かした。

「そろそろ帰らなければなりませんのよ。だから、もう少し……」

「もう少しなんだ？」

「もう、意地の悪い人」

はるは乳房を大田原の肌にあてて、体をよじるように揺《ゆ》すった。

「だからねえ、もう少し可愛がってもらいたいのですよう……」

大田原は小娘のようなことをいうはるをうるさく思った。ことに至る前はそんなことは思いもしない。早く自分の欲を満たしたいと、ことを急くように焦るが、いまはもう醒めていた。精力的な男ではあるが、欲を満たしたあとではすぐその気にはなれない。

「ねえってばさ、ねえ」

はるは夜具を払いのけて、素っ裸のまま大田原の背中にのってくる。ぴったり肌が合わさり、背中に柔肌《やわはだ》の感触がある。はるは腰を左右に振って挑発している。

「それでさっきの話だが、亭主の怪我の具合はどうなんだ？」

大田原は挑発にはのらずに、さっき、はるから聞いたことを口にした。

「手当てがよかったらしくて、ぴんぴんしていますわよ。もっとも左腕は動かせないようですけど」

「仕返しに行くのか？」

「そんなことをいっていますけど、あの体では無理でしょう。いっそのこと殺されてしまえばよかったのに」

「ふふ……怖いことをいう女だ」

「なにをいってんです」

はるは大田原の肩を、ぴしりとたたいて背中から降りて、隣に来ると枕をかき抱いて寝そべった。乱れた髪が有明行灯のあかりを受けている。

「あなただってそうなればよかったと、腹の内では思っているんじゃありませんの。そうなれば、こうやってこそ会わなくてもよくなるのですよ」

「そりゃそうだろうが……うまくはいかないもんさ」

「あら」

はるが不機嫌そうな顔を向けてきた。大田原は煙管を煙草盆に戻すと、はるの肩に腕をまわして抱きよせた。

「同じことを何度もいわせるな。おれはいつ死ぬかわからぬのだ。運良く生きのびてはいるが、いつ斬られて野垂《のた》れ死にするかもしれぬ。そんな男といっしょになりたいという夢は捨てるんだ」

「いやな男《ひと》……」

「いまの亭主とくっついているほうがおまえのためだ」

「たいした禄《ろく》ももらっていないんですよ。いつ役がつくかもわからない男なのですよ。このまま一生変わらなかったら、わたしは浮かばれませんわ」

はるは亭主と別れたがっている。しかし、別れる理由を見つけられないでいる。それに亭主ははるに殊の外《ことのほか》やさしい。大田原から見ても、あんなに女房を大切にする亭主はいないと思っている。

「だからといって、おれといっしょになることもできない。そうだな」

「……それは、あなたがその気になってくれればいいだけのことではありませんか」

「同じことを何遍もいわせるな。おれは女房持ちになれる男ではない。最初からそういっているだろう」

はると知り合ったのは、三年前、武者修行に出る前だった。本所入江町《いりえちょう》の小料理屋であった。はるがひとりうつろな顔で飲んでいたので、気になって声をかけたのをきっかけに、ひそかな交際がはじまった。

最初は同じ店の近くにある出合茶屋《であいぢゃや》で密会を繰り返した。「明日、鐘《かね》の下で……」と、すれ違いざまにいえば、阿吽《あうん》の呼吸で通じた。鐘の下とは、本所入江町のそばに時の鐘があり、その鐘の近くにある一画をそう呼んでいる。

交際が親密になると、いま二人がいる大田原の長屋が密会場所に変わった。大田原が旅に出て、また江戸に帰ってくると、そのたびに二人の思いをたしかめあった。ときにはるは江戸に帰るという手紙を読むと、途中まで迎えにくることもあった。

(可愛い女だ)

心の底から大田原は思ったものである。

しかし、いっしょになる女ではないというのもわかっていたし、その気もなかった。金をかけずに抱ける女——ただ、それだけのことである。

「わたし、考えていることがあるんです」

はるは寝返りを打って、あおむけになった。天井を向いたので、張りがあって形のよい乳房が平べったくなった。行灯のあかりに、うす桃色の柔肌があわい朱《しゅ》に染められる。

「……なんだ」

「大田原さんが、夫を……殺してくれればいいんです」

さっと、大田原ははるを見た。はるは感情をなくした無表情な顔で、天井を向いたままだった。

「あなたといっしょになれなくても、夫に遠慮しないで会えるようになる。あの人を気にして家を抜けだしたり、急いで帰らずにもすむ」

「……そんなに亭主が嫌いか？」

「嫌いじゃないけど……つまらない」

「ふん……」

「こっそり、やってくれないかしら」

大田原ははるの横顔を見つめた。なにを考えているか推量できた。はるは自分といっしょになれば、おれの考えが変わると思っているのだ。

(馬鹿な女だ)

これだから女は面倒なのだと胸の内でつぶやく。

「考えておこう」

「ほんと……」

はるが顔を向けてきたので、鼻と鼻がくっつきそうになった。

「だが、すぐには無理だ。おれはまた旅に出る。すぐに戻ってくるが、やるとしたらそのあとだ」

「旅っていつ出かけるんです？」

「明後日あたりにと考えている。金をもらいに行かなければならぬところがある」

「それで、いつ戻っていらっしゃるの？」

「十日もかからず戻ってくるつもりだ。あとはずっと江戸にいる。道場を開こうと思っているんだ」

はるの目が大きくなり、瞳が輝いた。

「それじゃ道場主に……」

はるは期待顔になった。おそらく道場主の妻を夢想でもしたのだ。

「これからは二月《ふたつき》も三月《みつき》も会えないということはなくなる」

「嬉しい」

はるが歓喜の声を漏らして顔を寄せてきたとき、表戸がたたかれた。

「大田原殿。大田原忠兵衛殿。ご在宅であろうか」

若い声だった。ひょっとすると、有道館の門弟をやめ、自分に教えを請いに来ている宮本鉄之進かと思ったが、そうではないようだ。

「どうします……」

はるがささやき声で聞く。大田原は少し考えた。二人とも一糸《いっし》も纏《まと》っていない裸である。応対するのは面倒だった。

「放っておこう」

声は何度もかけられたが、やがて戸口から人の気配が消えた。

相馬弥之助は大田原忠兵衛の住まいを、ようやく見つけることができた。今夜はたしかめるだけにしておこうと思ったが、家のなかに弱々しいあかりが感じられたので、

(せめて、先生が死んだことだけでも告げておこう)

と思い、戸をたたき声をかけた。

しかし、返事もなければなんの反応もなかった。

(留守か……)

ふっとため息をついて、あたりを見まわしてから表通りに戻った。すっかり夜の帳《とばり》は下りており、河岸道が月あかりに白く浮かんでいた。

六

「どうだい船頭さん、景気はいいかい?」

舟客は陽気な男でおしゃべりだった。さっきから、なんだかんだと伝次郎に話しかけてくる。背中に負う薬簞笥《くすりだんす》を、そばに置いている。行商の定斎屋《じょうさい》だった。顔は日に焼けて真っ黒だ。

「よくもなく悪くもなくといったところです」

伝次郎は右に突き立てた棹を持ちあげ、左へ移す。棹先からつーっと滴《しずく》が垂れる。

「それじゃ景気は悪くねえってことだな。羨《うらや》ましいね。おれなんざ、朝から晩まで歩きまわっても、さっぱり売れねえってこともある。家に帰りゃ嬶《かかあ》がうるさくいうし、ガキはわあわあ泣くわで気の休まる暇がねえ」

「………」

「ああー、のんびりとあの鳥のように空を舞ってみてえもんだ」

定斎屋は空をあおいで鳶《とんび》を眺めながら、薬箪笥の抽斗《ひきだし》についている取手の鐶《かん》という金具を、カタンカタンと鳴らした。それからも勝手な愚痴をこぼしつづける。

伝次郎は適当に相槌《あいづち》を打ちながら棹をさばいて、大川を横切ってゆく。

初夏の大川はきらめくような光に包まれている。筏舟《いかだぶね》が下ってくれば、空《から》の屋根船が大橋をくぐっていた。猪牙舟や茶舟、俵《たわら》ものを満載した平田舟も行き交っている。

定斎屋は薬研堀《やげんぼり》で舟を降りていった。そこは大川の入り堀で、同じ猪牙舟や荷舟が舫《もや》われていた。

伝次郎は菅笠を脱ぐと、肩にかけた手拭いで汗を拭き、艪床に腰をおろした。遠くを見る目になって、今朝見かけた若い女のことを思いだした。

伝次郎は毎朝ではないが、家の近所にある神明社《しんめいしゃ》でひとり稽古をする。津久間戒蔵を討つまでは、腕をなまらしてはいけないという思いもあるし、単なる鍛練でもあった。

今朝も靄《もや》に包まれた境内《けいだい》で稽古をしていたのだが、人の目を感じて、そっちを見ると、身なりのよい若い女が小さく会釈をした。

声をかけてこなかったので、伝次郎はそのまま稽古をつづけたのだが、女はその間も見学をしていた。よほど、自分の稽古がめずらしいのか、それとも伝次郎の太刀筋や足運び、刀さばきに興味があったのかどうかわからない。

稽古を終えると、女はまた軽く会釈をしてそのまま立ち去っていった。

（あの女……武家の娘なのか……）

妙に心に残る女だった。

おそらく目鼻立ちの整った美しい女だったからかもしれない。

その日の午前中、伝次郎は西両国の船着場と小名木川を三度往復した。昼餉を柳橋そばの飯屋ですませ、そのまま客待ちをした。客はさほど待つこともなく拾えた。本所林町までやってくれというので、柳橋から大川に出て下った。

上りはきついが下りは楽である。舟は流れにまかせればいいし、無駄に棹を使う必要もない。しかし、伝次郎の目は常に澪《みお》（水脈）を見ている。深いところは青く澄んでいるし、そうでないところは透明感がある。下るときは川中を進むのが船頭らの暗黙の掟《おきて》である。逆に上りは岸沿いを進むことになる。

川は地形と同じで、深いところもあれば浅いところもある。澄んでいる水のなかに、魚影の群《むれ》を見ることもある。川岸ではそんな魚を狙っている鳥たちが、のんびり羽繕いをしていたりする。

柳橋から乗せた客は本所林町三丁目の河岸場で降りた。伝次郎はそのまま舟を出さずに、舟底にたまった淦《あか》を汲みだした。舟は浮かばせておくだけで、舟底の羽目板から水がしみ込んでくる。操船すれば、組まれた羽目板が微妙に動くらしく、さらに水がたまってくる。それは放っておくと濁った泥水のようになり、異臭を放つ。そうなる前に淦をすくいだすのだ。

小さな手柄杓《てびしゃく》ですくう淦は、日の光にあたためられていてぬるかった。その作業を終えると、再び舟を出した。今度はゆっくりと竪川を流し進めた。ときどき河岸道に目をやり、周囲の風景を眺める。

桜の季節は終わっているが、この時季にはいろんな花を見ることができた。屋敷の塀にのぞく躑躅《つつじ》、桃色の谷空木《たにうつぎ》、赤い牡丹《ぼたん》の花、岸辺に咲く杜若《かきつばた》など……。

しばらく行ったところで、伝次郎は二ツ目之橋をわたっていく二人の男に気づいた。ひとりは先日、山城屋に乗り込んで斬られて怪我をした赤松由三郎だった。そばについているのは木綿の着流しを端折《はしょ》り、紺股引を穿《は》いている若い男だった。

赤松に相談をした中間の文吉という男かもしれない。川床に棹を突き立てたまま見ているると、二人は橋をわたって南の弥勒寺橋《みろくじばし》のほうへ姿を消した。まっすぐ行けば、小名木川に架かる高橋《たかばし》に行きつく。

（もしや山城屋に……）

そう思っても不思議はなかった。文吉は妹を山城屋に取られているし、借金もある。その相談に乗っているのが赤松だ。

伝次郎は目を厳しくした。赤松の傷はまだ癒《い》えていないはずだ。また先日と同じようなことがあったら、今度は怪我をするだけではすまないかもしれない。なまじ知った顔だけにじっとしていることができず、忙しく棹をさばきはじめた。

一ツ目之橋をくぐり抜けると大川に出て、舟を滑らせるように流れに乗せて下った。新大橋をくぐり抜け、万年橋《まんねんばし》から小名木川に入った。芝翫河岸に舟をつなぐと、雪駄を履いて河岸道にあがった。

（刀を……）

と思ったが、家に取りに帰るのは面倒だし、その必要はないだろうと、高橋のたもとまで行って赤松と連れの男がやってくるのを待った。

来なければ来ないでいい。来たら話を聞く。ただ、そのつもりだった。

徒歩より先回りした伝次郎の舟のほうが早いはずだったが、そう間を置くことなく赤松と若い男の姿が見えた。伝次郎が数歩足を進めると、赤松が気づいた。

「これはあのときの船頭、いや先日は世話になった。あらためて礼を申す」

赤松は嬉しそうな顔で近づいてくると、頭を下げた。

「いえ……」

「これ文吉、こちらは先日わしを助けてくれた船頭だ。まったくおまえのせいで、この人にまで迷惑がかかっておるんだ」

赤松は文吉に苦言を呈した。

「怪我の具合はどうです？」

伝次郎は文吉を見てから赤松に聞いた。

「そなたの手当てがよかったから、すっかりよくなった。もっともまだ無理はできぬが、傷口はきれいに塞《ふさ》がった」

「それはなによりです。どちらへ見えるんです？」

「山城屋だ」

赤松はきっぱり応じて言葉をついだ。

「あの店とは話がまだついておらぬからな。今日はこの文吉を連れて再度の談判だ」

「その体で大丈夫ですか？」

「なに、喧嘩をしに行くのではない。あくまでも話し合いだ」

「しかし、あの店には赤松さんを斬りつけた男がいるのでは……」

「争うつもりはない。懸念《けねん》は無用だ。お、そうだ。あの飯屋の女将にも礼をいわなければならぬ。帰りにでも寄りたいと思うが、店は開いているだろうか？」

「昼時は過ぎたので、いまは開いていないでしょうが、仕込みをしているかもしれません」

「さようか、ではあとで寄ろう」

「あ、お待ちを」

伝次郎は行こうとする赤松を止めた。

「山城屋はあまり評判がよくありません。お邪魔でなかったらお供《とも》しますが……」

「そなたに……いや、それは面倒をかけるだけだ」

「もしもということもあります」

赤松はしばし考える顔をして、

「ならば勝手についてくるがよい。そう心配することはないのだがな……」

と、いって歩きだした。

七

山城屋のそばまで来ると赤松は立ち止まって、

「ここでよい。話はわたしがしてくる」

といって、伝次郎と文吉を見た。

「あっしは行かなくていいんですか？」

文吉は心許《こころもと》ない顔で聞くが、それにはほっと安堵《あんど》した色があった。赤松が山城屋の暖簾をはねあげ、戸口に消えると、伝次郎と文吉は畳屋の表に置いてある縁台に座った。そこから山城屋の入口が見えた。

「二両借りたそうだな」

伝次郎は文吉の顔を見た。色白のやさ男だが、きかん気の強そうな目をしている。左の頬に小さな刃物傷があった。年は二十二、三だと思われた。

「へえ、二両借りて八両払えと吹っかけてきたんです。そんなのは出鱈目だとわめいてやると、それじゃ五両で勘弁してやるってことになったんですが……」

「妹を人質みたいに取られたってわけか」

「そうです。汚《きたね》えことしやがる」

くそッ、と吐き捨てた文吉は足許の土を蹴った。

「妹はいくつだ？」

「十八です。おせいってんですが、本所花町の茶店ではたらいていたんです」

「返してもらえることになっているのか？」

「その話をつけるために赤松さんが話をしに行ってるんです」

伝次郎は山城屋を見た。なんの変化もない。

「利子を払わなきゃ返してくれないかもしれねえな」

「そんなことになったら冗談じゃありませんよ」

「だが相手が相手だ。この近所でもあまりいい噂は聞かない」

「赤松さんは金を持って行ってますから……」

残りの利子のことだ。

「おまえがこさえたのか？」

「いえ……」

文吉はばつが悪そうに頭をかいた。

「赤松さんが用立ててくれている。そういうことか？」

「まあ……」

伝次郎はしようもない男だと、内心であきれた。

「いくらだ？　赤松さんが用立ててくれたのは？」

「一両です」

「一両……」

伝次郎はまばたきをした。残りの利子は五両だったはずだ。赤松はそれを一両で収めようとしているらしい。これは無理だろうと伝次郎は思った。

赤松はなかなか戻ってこなかった。二人の前を三人の裸足《はだし》の子供が、風のように駆け去っていった。路地から出てきた青物《あおもの》売りが、

「蕪《かぶ》、いんげん、茄子《なす》、大蒜《にんにく》……蕪、いんげん……」

という売り声をあげながら、つぎの路地に消えていった。昼下がりの町屋にはのんびりした空気があった。軒先に巣を作った燕が、チッチッチチと鳴いている。

「はたらいているのか？　中間をやっていると聞いたが……」

文吉は目をそらして、遠くの空を眺めた。

「口入屋《くちいれや》の返事を待っているところです」

この時期、どこの大名も旗本も懐具合がよくない。軽輩である中間も抱えようとしなかった。しかし、登城するときや公の場に出る場合は、それなりの数の家来を揃えなければならない。そんなとき、口入屋に頼んでにわか仕立ての中間などを集めて体裁を整えていた。

「暇なときはなにをやっている？」

「ちょいとなんですか。あっしのことなんかどうでもいいでしょう。なんで、そんな根掘り葉掘り聞きやがんです」

文吉は目を険《けわ》しくして、言葉を足した。

「それともいい稼ぎの口でもあるってんですか？　あるなら教えてもらいたいもん

だ」

伝次郎は黙り込んだ。

そのとき、がらりと山城屋の戸が開き、赤松が人に押される恰好で出てきた。

「頼む。おせいだけでも返してくれないか。あの娘《こ》にはなんの罪もないはずだ。金は必ず工面すると約束をする」

赤松は戸口前に立つ侍に頭を下げて頼んだ。

「ならねえ。口ではなんとでもいえるからな。ここの旦那は、金を拝むまではなにも信用などしねえんだ。おせいを返してほしかったら、早く金を作ってくることだ。そうしなきゃ利子はどんどん増えるだけだ」

「金は返すといっているだろう。なぜ、わかってくれぬ。信用できぬなら念書も書く。もう一度山城屋にそう掛け合ってくれ」

「だめだだめだ。おまえさんがどんなに頭を下げて頼み込もうが、金がなけりゃ話にならねえ。とっとと金をこさえてこい」

男はそういって、どんと赤松の左肩を押した。怪我をしているほうの肩であったから、痛みが走ったらしく、赤松は片膝をついてうずくまった。左の肩を庇うように押さえている。

「わかったか。今度はおめえではなく、文吉に金を持ってこさせるんだ。そうすりゃおせいはすぐに返してやる。とっとと帰ってそう伝えろ」

男は背を向けて店に戻ろうとした。

「待て」

くぐもった怒り声で、赤松が呼び止めた。その右手が刀の柄をにぎっていた。

「きさま、この前は斬りつけて、今日はその肩を……おれも我慢してきたが、そこまでむげに扱われては黙ってはおれぬ」

赤松がゆっくり立ちあがると、相手はまなじりを吊りあげて、

「なんだ、やるっていうのか」

ぐいっと足を踏みだし、刀の柄に手をやった。

（まずい）

胸の内でつぶやいた伝次郎は、座っていた縁台から立ちあがった。

第三章　思川

一

先に刀を抜いたのは赤松だった。しかし、それは左手が使えないので、右手一本であったがために、抜くのが遅れた。そのときすでに、山城屋の用心棒は刀を抜いており、大上段から撃ち下ろしてきた。

赤松はたまらず背後に下がった。用心棒の斬撃《ざんげき》は単なる脅しであったが、赤松にはそうは見えなかったはずだ。片膝を地につけ、右手一本で持った刀を正面に据えた。

「やめるんだ」

伝次郎は赤松の前に立った。用心棒の眉がぐいっとあがった。

「邪魔立てするなッ」

赤松が怒鳴ったが、伝次郎は聞きはしない。

「客を脅して追い払うとはとんだ高利貸だ」

「先に抜いたのはその野郎だ」

用心棒は落ち着いていう。肉厚の顎に深い縦じわが一本あり、額にも深いしわが二本走っている。腕も足も太くてよく鍛えられていた。

「赤松さんは怪我をしている。その怪我を負わせたのはきさまだ」

「なにッ」

用心棒の形相《ぎようそう》が変わった。これまでは単なる脅しだったらしく、表情に余裕があったが、伝次郎の一言に顔面を紅潮させた。

「町人の分際で、侍相手にふてえ口をたたきやがって、こうなったらてめえが相手だ」

用心棒は「やあ」とかけ声をあげるなり、袈裟懸けに刀を振り、さらに逆袈裟に斬りあげてきた。本気ではない。脅しである。それでも伝次郎はすり足を使って横に動き、さらに素早く間合いを見切って後ろにさがった。

「てめえ……」

用心棒の目に凶悪な色がにじんだ。

「やめろ、無腰《むごし》のものを斬りつければ武士の名折《なお》れ。末代《まつだい》までの恥ではないか」

「なにを利《き》いたふうな口を……」

「それでも斬るというなら、容赦しねえ」

「おもしれえことをいいやがる。どう容赦しねえとぬかす」

伝次郎は右足を半歩引き、腰を落とした。

山城屋の玄関先だから狭い空間しかない。幅は一間半程度だ。その脇には柊《ひいらぎ》や松の木が植えられている。

「伝次郎殿、控えろ控えろ」

立ちあがった赤松が慌て声でいう。その間に、用心棒が間合いを詰めてきた。伝次郎は身構えたままじりじりと後ろにさがった。すぐそばに抜き身の刀を持った赤松が立っていた。用心棒の足が地を蹴った。

瞬間、伝次郎は赤松の腕を抱き込むようにして、その手にあった刀をもぎ取ると、用心棒が撃ち込んでくる刀を下からはじき、さらに刀の棟《むね》を返しながら前へ飛んだ。

「うっ……」

うめいたのは用心棒である。伝次郎の持った刀の刃先が、用心棒の首筋にあてられていたのだ。

「まだやるというなら、このまま刀を引くことになる。そうなりゃどうなる？」

「……や、やめろ」

身動きできないでいる用心棒の額に、脂汗《あぶらあせ》が浮かんでいた。

「名はなんという？」

「池谷玄三《いけたにげんぞう》だ」

「……山城屋の用心棒だな」

「きさまの顔は忘れねえからな」

刀を突きつけられ青くなっているくせに、池谷玄三は皮肉な笑みを浮かべた。もっともそれは単なる強がりでしかない。

伝次郎は静かに離れると、刀を赤松に返し、

「行きましょう」

と、表へいざなった。

伝次郎は木戸口を出るときに、一度背後を振り返った。池谷の顔には町人に脅されたという屈辱がありありとにじんでいた。

「驚いた。そなたに剣術の心得があるとはな……」

船宿「川政」の二階客座敷だった。窓から入り込む午後の日射しが畳に走っている。

「ほんとに、あっしも驚いちまいました。どうなることやらと肝を冷やしていたのに」

茶をすすった文吉の目には、さっきとちがう尊敬の色があった。

「心得といってもお遊び程度です」

伝次郎はそう応じてから言葉を足した。

「しかし、山城屋は一筋縄《ひとすじなわ》ではいきませんよ。あの様子だとおせいを取り返すのは難しいかもしれない」

「おい、そりゃ困るよ。あ、いや、失礼。伝次郎さん、なにかいい知恵はありませんか？」

文吉が慌てて言葉つきを変えて、すがるような目を向けてきた。

「こうなったのは、そもそもおまえがあんな店から金を借りたからだ」

「それをいわれちゃ身も蓋もねえが……」

文吉は肩をすぼめて弱り切る。

「だが、伝次郎殿、そなたもわたしの助をしたばかりに、あの池谷玄三とかいう用心棒ににらまれることになった。いかがする」

「わたしは……まあ、なんとかなるでしょう。こちらにはなんの非もありませんし、いざとなればこの川政の連中も黙ってはいません」

「この船宿とは……」

「長くはありませんが、親切に付き合わせてもらっています。主の政五郎さんは男気《おとこぎ》のある人ですし、船頭たちも頼もしいものばかりです」

「それじゃなにも恐れることたァねえじゃないですか。赤松の旦那、いっそのことこの船宿の人たちを頼って山城屋に押しかけちまったらどうです」

文吉が気負い込んでいうのを、赤松がにらんだ。

「勝手なことを申すな。そう簡単に頼れるものじゃない。そんなことをしたらことを大きくするだけだ。人に迷惑をかけてはならぬ」

「そうおっしゃっても……」

「赤松さんのいわれるとおりだ。人数を頼ればいたずらに騒ぎを大きくするだけだ。そうなると、山城屋はもっと片意地を張るかもしれねえ。それに、高い利子にいくら文句をいったところで、おまえが金を借りたのは偽りではない。おまけにおまえの妹を人質に取られているんだ。下手に動けば、その妹がどうなるかわからない」

伝次郎の言葉に赤松は納得するようにうなずいて、

「要は金の問題だ。それさえ解決すればいいだけのことだ」

といいつつ、大きなため息をつく。

たしかにそうなのである。文吉にもそのことはわかっているから、なにもいわずにうつむく。伝次郎はここで切り出していいことかどうか躊躇った。五両十両の金ならどうにでもなる。船頭仕事でためた金がある。贅沢はしていないし、月々の出費もたいしたことはない。だが、ここで下手に親切をすれば、文吉のためにならないはずだ。

「よし、とにかくおせいのことがある。こんな揉《も》め事をいつまでも引きずっているわけにはいかぬ。文吉、わたしにまかせておけ」

重苦しい空気を払うように赤松がいった。

「どうされるんです？」

「もうよい。明日の夜、わたしの家に来い」

赤松はそれだけをいうと、伝次郎に先ほどは申しわけなかったと、再度礼をいって二階座敷を出ていった。

二

「文吉、おまえはどうしたらいいと思う？」

伝次郎は赤松を見送ったあとで、文吉に顔を向けた。

「どうしたらって……あっしは金もねえし……」

文吉は膝に視線を落として、もじもじしながら答える。

「話を聞いていると、おまえはなにもかも赤松さんに頼りきりのような気がする。

そもそもおまえの身から出た錆《さび》ではないのか」

「………」

「そのせいで、おせいというおまえの妹まで迷惑をしているのだ。いったい借りた金をなんに使ったのだ？」

「それは……」

「なんだ？」

「まあ、どうしても金をこしらえなきゃならねえことがあって……」

「どういうわけで？」

文吉は伝次郎の視線から逃げるように、顔を横に向けて、ぼそりといった。

「博奕ですっちまったんです」

つまり、博奕で負けた金の穴埋めに使ったというわけである。伝次郎はあきれるしかない。

「それでおまえは仕事はどうするんだ？　口入屋の返事を待っているようだが、それまでもできることはあるだろう。若いんだから日傭《ひよう》取りだってできるはずだ」

「そりゃまあ……」

「赤松さんはおそらく無理をして金を工面されるはずだ。そのことはおまえもわかっているだろう。それなのに、おまえは甘えたことしかいわねえ」

「赤松の旦那にはいずれちゃんと礼をしますよ。そんなにガミガミいわれなくったってわかっていますよ」

「わかっているなら、赤松さんにまかせきりではいかんだろう」

「…………」

文吉はふくれ面をした。

「どこに住んでいるんだ？」

「へっ……」

文吉は反撥心の強い目をまるくした。

「おまえの家はどこにあると聞いてんだ」

「本所緑町です」

文吉は、三丁目の新右衛門店《しんえもんだな》という長屋だと付け足した。赤松の家からも妹のおせいが勤めている茶店からもそう遠くない場所である。

「おれに考えがある。借金のことはともかく、おせいのことを早くなんとかしよう」

「救ってくださるんですか」

文吉は期待顔の目を光らせて伝次郎を見た。

「知っていて知らんぷりはできん」

伝次郎はそのまま畳を蹴るようにして立ちあがった。

妙に腹立たしいものがあった。それは山城屋に対するものでも、池谷玄三という用心棒に対するものでもなかった。問題を作った張本人の文吉に、反省の色がなく、すっかり人に甘えるという性分に対してであった。

（あの男はこのままではろくな生き方はできぬ）

腹に据えかねながらそう思うのであるが、妹のおせいのことは放っておけない。伝次郎は文吉に考えがあるといったが、それは自分の手で片づけようと思ったのではなかった。

こういったとき頼れるのは昔の仲間しかいない。いま自分が山城屋に乗り込んでいっても、物事がうまく片づくとは到底思えないし、かえって揉めることはわかっていた。

伝次郎は舟に戻ると、しっかり舫《もやい》をつないで、いったん家に戻った。それから船頭半纏と股引を脱ぎ、棒縞の小袖を着流し、愛刀・井上真改《いのうえしんかい》を腰に差した。素足に雪駄履き、そして編笠を被《かぶ》った。その辺の浪人のなりである。

「あれ、そんな恰好で……どこへ……」

路地ですれ違った長屋のおかみが、首をかしげながら伝次郎を見送った。

深川元町から浜町の大名屋敷地をつなぐ新大橋をわたる。橋銭はないので、江戸市民には重宝されている。伝次郎は橋をわたりながら大川の流れに目を注いだ。

舟が上り下りする川は、夏の光にきらめいている。川上に大橋が、川下には永代《えいたい》橋《ばし》が見えた。これからも世話になる川だと思えば、自分に船頭のいろはを教えてくれた嘉兵衛《かへえ》の顔が瞼の裏に浮かぶ。

「伝次郎、川をなめちゃならねえ。水は生き物だ」

いまは亡き嘉兵衛はことあるごとにそんなことをいっていた。

「舟を操っているのは船頭じゃねえ。舟は川に操られているんだ。舟をありがたいと思う前に、川の恵みに感謝するこった。それがわからねえうちは半端《はんぱ》もんだ。……もっともそんなことをわかってる船頭はいくらもいねえが……」

嘉兵衛は、伝次郎にそうなってほしくないといいたかったのだ。舟をどう操るか、棹をどう動かせばいいか、川の流れをどう読むか、船頭同士の約束事がどうなっているか、それらすべてを教えてくれたのは嘉兵衛だった。

伝次郎はそんな嘉兵衛を第二の父親のように慕っていたし、尊敬もしていた。厳しい老船頭だったが、

「なんだか、おめえさんは呑み込みが早くって教え甲斐《がい》があるっていうか、ないっていうか……」

と、嬉しそうに苦笑いをした嘉兵衛の顔が思いだされる。

しかし、その嘉兵衛は伝次郎を救うために、凶刃《きょうじん》に倒れたのだった。

(ありがとうよ。嘉兵衛の師匠。おれはしっかりやってるよ)

伝次郎は胸の内でつぶやいて橋をわたった。

会いたい人間の行動範囲は大まかにわかっているし、いまごろどの辺を動いているかも見当がついていた。

しかし、その相手に会うのに一刻半ばかりかかった。その間、伝次郎は鷹《たか》のような目になって往来を行き交う人間や、路地から出てくる人間に注意をしていた。昔

使っていた岡っ引きや小者《こもの》などの手先が、日本橋界隈には少なくない。いまはあまりそんな連中と顔を合わせたくなかったし、船頭をやっていることは伏せておきたかった。

それもこれも、愛する妻子と使用人を惨殺した津久間戒蔵を討つためであった。

日が暮れかかったころ、伝次郎の待つ茶店の向こうに、見知った男があらわれた。そこは京橋《きようばし》に近い、新両替町《しんりようがえちよう》一丁目の茶店だった。緋毛氈《ひもうせん》の敷かれた床几《しようぎ》から腰をあげた伝次郎に、先方も気づいた。

「これは……」

相手は一瞬驚きの表情を見せたあとで、嬉しそうな笑みを浮かべた。

三

「こんなところでどうした？　仕事は休みかい？」

酒井彦九郎は近づいてくるなり問いかけた。ずんぐりした体に合わせたように、日に焼けた真っ黒い顔もまあるい。そばには万蔵《まんぞう》という小者もついていて、やはり伝次郎に会えて嬉しいという顔をしていた。

「ちょいと相談がありまして……」

「へえ、おめえさんから相談とはめずらしい。いったいどんなことだ？　それより、こんなとこで立ち話もできめえ。その辺で腰を落ち着けよう」

彦九郎はそういうなりさっさと歩いてゆく。

町人や職人と同じようなべらんめえ口調は、町奉行所同心でも、三廻り《さんまわ》り（定町廻り・臨時《りんじ》廻り・隠密《おんみつ》廻りの各同心のこと）の専売特許だ。常に市井《しせい》の人間やごろつきと接している役目柄、肩肘《かたひじ》張った言葉遣いよりそのほうが接しやすいのだ。もっとも程度の差はあり、べらんめえを使わない同心もいる。

「旦那、元気そうでなによりです」

彦九郎のあとを追うように歩く万蔵が、にこにこしながら伝次郎を見る。がっちりした体軀《たいく》に、いかつい顔をしているので、それだけで町のものに威圧感を与えるが、伝次郎の前では借りてきた猫のような愛想のよさである。

「おまえも相変わらずのようだな」

伝次郎がいうと、お陰様でと万蔵は答えた。

彦九郎は竹河岸沿いにある小体《こてい》なそば屋に入った。伝次郎も以前何度か入った店である。店の主夫婦は彦九郎を見るなり、すっ飛んできて挨拶をする。

「小部屋はあいているかい？」

「へえ、お茶をひいていたところで、がら空きです」

禿《は》げ頭の主が平身低頭《へいしんていとう》で応じて、伝次郎と万蔵にも会釈をする。彦九郎は勝手に酒を注文し、適当に肴をつけろといいつけた。そのあとで、一杯ぐらいならいいだろうと、伝次郎を見る。

「いただきます」

伝次郎は素直に答えた。

あがった小部屋は細竹《ほそたけ》の生《は》えた裏庭に面していて、ちょっとした風情があった。伝次郎は彦九郎に会えなければ、松田久蔵、あるいは中村直吉郎《なかむらなおきちろう》でもよいと考えていた。三人とも伝次郎の先輩同心である。

みんな津久間戒蔵捕縛の際に、あろうことか大目付《おおめつけ》・松浦伊勢守《まつうらいせのかみ》下屋敷で捕り物騒動を起こしたのである。追うものと追われるものは必死だから、まさかそこが幕府重鎮の屋敷とはまったく気づいていなかった。

しかし、騒動を起こしたことは、どんな事情があったにしろ、事実は事実である。いいわけはできなかった。町奉行所の権限は武家には通じない。しかも相手が幕府随一の〝うるさ型〟であったから始末が悪かった。

その責をひとりで負ったのが伝次郎だった。そんなことがあって、彦九郎らは町奉行所を辞した伝次郎には、いまでも頭があがらないし、取り逃がしている津久間戒蔵捕縛のために力を貸してくれている。

「それで、相談というのはなんだ?」

酒肴が届き、伝次郎の酌を受ける彦九郎が聞いた。

「深川に山城屋という高利貸がいます。主は藤兵衛《とうべえ》という男で、近所ではあまり評判がよくありません。その山城屋が文吉という渡り中間に金を貸したのですが……」

伝次郎は手酌をしながら、これまでの経緯《いきさつ》を話した。

文吉の借りた二両の金についた利子、文吉の妹・おせいが肩代わりに人質に取られていること、文吉の窮状を黙っていられずに相談に乗っている赤松由三郎のことなどである。

「利子はともかく、なんの罪もない文吉の妹・おせいを救ってやりたいんです。無理を承知の頼みですが、力を貸してもらえませんか」

伝次郎はすべてを話してから彦九郎をまっすぐ見た。

「なにが無理な頼みだ。そんなことならおめえに頼まれなくったって動くさ。それにしても、池谷玄三という用心棒は質《たち》が悪そうだな。おめえにちょっかいを出さなきゃいいが……」

「しばらくは気をつけることにします」

「それがいいだろう。しかし、そやつがどう出ようが、おまえの相手ではなかろう……」

「おせいが攫《さら》われてもう四、五日たっています。評判の悪い山城屋のことですから、岡場所に沈められでもしたらことです。明日、いや、今夜のうちにでもなんとかなりませんか」

「お安いご用だ。おめえが動けば話がこじれるのは聞かないでもわかる。どうせ叩けば埃《ほこり》の出そうな高利貸だ。相手の出方次第では、つぶしにかかってもいい。まあ、そこまでするつもりはねえが……」

「よろしく頼みます」

「これを飲んだら松田と中村にも話をしよう。やつらも力を貸してくれるはずだ。町方の同心三人が雁首揃えて行きゃあ、山城屋も強く出てはこられまい」

彦九郎はうまそうに酒を飲み、しばらく世間話をした。


山城屋藤兵衛はいつものように店を閉めると、居間に腰を据《す》えて女房の膳拵《ぜんごしら》えが調《ととの》うまで、その日の帳簿を算盤《そろばん》片手に再確認するのを日課にしている。

その夜も同じであった。たしかめるのはどの客にいかほどの利子がたまっているか、集金が終わった客の売り上げ、支払いの悪い客の利子などだ。そのうえで掛け取りをいつにするかなどを頭のなかで整理してゆく。

白くなった鬢《びん》をときどき指先で弄《もてあそ》び、茶をすする。三日に一度は茶屋遊びをするが、それ以外の日はおとなしく家でくつろぐ。五十の坂を越してからは、体に無理が利かないのを自覚しているからだった。

行灯のあかりを受ける髪には霜が散っている。色白ではあるが血色のよい赤ら顔である。

パチパチと算盤をはじき、目をしばたたき、暗くなった行灯の芯をつまんであかるくした。台所では女房のお常《つね》が煮炊きに忙しくはたらいていた。

二人に子はなく、結婚以来二人暮らしだ。その間、藤兵衛は何度となく浮気をして、夫婦喧嘩を繰り返してきたが、いまはその悪い虫もなりをひそめ、女房とはうまくいっていた。これといって趣味のない男で、口癖は金儲けだといってはばかることがなく、世間の白い目など気にもかけない。そんなことを気にしていたら金儲けなどできないと思っている。

「山城屋、頼もう」

ふいに玄関で声がした。

藤兵衛は帳簿から目をあげた。暖簾を下げてあるから、店は閉めてあるのはわかっているはずだ。しかし、口調からすると侍だと知れた。

近所には大名屋敷が多く、江戸詰めの勤番侍が得意客になっている。使用人を帰したあとなので、藤兵衛は「へえ、ただいま」と返事をして腰をあげた。

猿と心張り棒を外して、戸を開けてギョッとなった。目の前に三人の町方が立っていたからだった。それも黒紋付きに着流しというなり、その目つきから外廻りの同心だと知れた。藤兵衛は伊達《だて》に年を食っているのではないから、彼らがどういった類《たぐい》の人間かはすぐにわかった。

「なにか近所で悪いことでも……」

真っ先に頭に浮かんだのは、近所で事件があったのではないかということだった。

「いや、そうじゃねえ」

口を開いたのは、ずんぐりした体の同心だった。邪魔してよいか、手間は取らせないというので、藤兵衛は三人を店のなかにいざなった。

客座敷にあげようとしたが、ずんぐりした同心が、それには及ばないというので、藤兵衛は帳場前に膝を揃えて座った。

「おれは南町の酒井彦九郎だ」

「同じく松田久蔵」

色白で細身の男だった。

「中村直吉郎」

切れ長の目が鋭かった。

「なにか……」

突然、三人の町方同心がやってくるということは尋常ではない。藤兵衛はいつになく緊張した。

「なにかじゃねえさ」

ずんぐりした体の酒井という同心だ。他の二人に比べて表情はやわらかだが、目が人の心を射るように鋭いのは同じだった。

「おめえさん、女を拐《かどわ》かしているな。このままじゃ人攫《ひとさら》いの罪で、おめえの身もこの店もただではすまされねえぜ」

藤兵衛にはぴんと来た。だが、どう返答するか忙しく頭をはたらかせた。見廻りの同心らは酒井彦九郎と同じように、多くのものがべらんめえ調で話す。なにもやましいことがないときは親しみを覚えるが、そうでないときはいやおうもない威圧を感じる。

「……借金の形《かた》に預かっている娘がいますが、一時のことです。こういった商売をしていますと、いろんな客がいましてやむなくということもあります」

「そうだろう、そうだろう。その娘はおせいというのだな」

「はは……」

藤兵衛は頭を下げて、誰が町方を動かしたのだと頭の隅で考えた。まっさきに文吉と赤松由三郎の顔が浮かんだが、その二人が町方を動かしたとは思えなかった。

「山城屋、借金の形というが、相手は若い娘だ。いや、いくら借金の形といえど人を質草《しちぐさ》みてえに預かるのは感心しねえ」

「…………」

「おれたちも借金だけのことなら商売の邪魔になるだろうから目をつぶっておくが、娘を攫ったとあっちゃ黙っておれねえんだ」

「あの、攫ったといわれますと、少々語弊が……」

「黙らぬか。人の話は最後まで聞くものだ」

ぴしゃりといったのは、一番目の鋭い中村直吉郎という同心だった。藤兵衛はびくっと肩をすくめたほどだ。

「いいわけ無用だ。おせいをすぐに家に帰せ。もし、明日の朝、おせいが家に帰っていないとわかったら、おめえをしょっぴく。もちろん、それだけじゃすまさない。おめえが大切に守ってきただろう、この店もなくなることになる」

「……は、はは」

藤兵衛は脂汗をかいていた。思わず、着物の袖で額をぬぐったほどだ。

（こりゃとんだことになっちまった）

と、胸の内でつぶやき、脇の下に冷たい汗を感じた。

「すぐにおせいを家に帰すんだ」

念を押すように酒井彦九郎がいった。

「はい、仰せのとおりに。ただいますぐそのように……」

「もし、嘘をついたらおめえさんは、八丁堀同心二百四十人を敵にまわすことになる。それがどういうことだか、考えるまでもないだろう」

酒井彦九郎はそういうと、他の仲間二人と顔を見合わせ、

「では、約束を守ってもらう」

と、再び藤兵衛をにらんだ。

「は、はい重々承知いたしました」

三人の同心はそのままなにもいわずに帰っていった。

藤兵衛はしばらく生きた心地がしなかった。早鐘《はやがね》のように高鳴る心の臓を鎮めるのにしばらく時間がかかった。

「お常、ちょいと出かけてくる」

藤兵衛が家を出たのはすぐのことだった。おせいは手代《てだい》の勘助《かんすけ》の家に預けてある。こんなことを予測していたわけではないが、丁重な扱いをしているので、これ以上咎《とが》められることはないだろうと思っていた。

それにしてもいわれたようにしなければ、とんでもないことになると焦りながら、夜道を急いだ。その間、背中にいくつもの視線を感じていたが、おそらく気のせいではないはずだった。

四

すすっと、すり足を使って二尺進んだところで、体をひねりざまに上段から刀を振り下ろし、素早く水平に振り切り、八相《はっそう》に構える。

呼吸はわずかに乱れているだけで、額に浮かんだ汗が頬を滑り落ち、顎からしたたった。一呼吸入れた伝次郎は、左足を前に出し、右踵《かかと》を浮かした瞬間に、袈裟懸けに刀を振り、そのまま見えない仮想の敵の胴を抜き、残心《ざんしん》を取った。

朝の神明社は静かである。雀の鳴き声がするぐらいだ。境内に林立する木々の間を、まるで生き物のように朝靄が動いている。雲間を抜けた朝日が、いくつもの条《すじ》となって射していた。

ふっと、肩を動かして息を吐いたとき、人の目を感じた。さっとそっちを見ると、例の女だった。軽く会釈をして石畳に歩を取りながら本堂に進み、鈴を鳴らし、作法どおりに二礼二拍手をして手を合わせた。

その後ろ姿は凜《りん》としていた。まだ若い女である。

伝次郎は片肌脱ぎにしていた着物を整え、願い事を終えた女が振り返るのを待った。女は長々と手を合わせていた。よほど願い事が多いと思われた。

やがて、女が一礼をして振り返った。と、視線が伝次郎と合わさった。そのまま女は石段を下りてきた。伝次郎も歩を進めた。

「熱心であるな」

気さくに声をかけると、

「あなたさまもご熱心ですね。ときどき拝見させていただいておりました」

と、澄んだ瞳を向けてきた。十八、九と思われた。つややかな頬は血色がよく、うなじの白さがまぶしいほどだった。

「お近くにお住まいで……。御武家の娘さんと思われるが……」

「住まいは近くではありません。ただ、奉公先が近いだけでございます」

「武家奉公中でありますか……」

「あの、流派をお聞きしてよろしいでしょうか?」

女は唐突にいった。

「……一刀流《いっとうりゅう》だが……あなたにも覚えが……」

女は曖昧《あいまい》にうなずき、

「腕がおありですね。わたしにはわかります。太刀《たち》筋に乱れがないし、足のさばきは人並みではありませんし、型が決まっています」

と、剣術の心得があるようなことを口にした。

「ほう、見てわかりますか……」

「だいたいわかります。わたしの目に狂いはないはずです。失礼いたしました。わたしは亜紀と申します。父は今戸のほうで道場をやっておりました。そのせいで、人の腕がいかほどであるか、大方の察しがつくのです」

「やっておられた……。するといまは？」

「いまもありますが、この先はどうなるかわかりません」

亜紀の顔がにわかに曇った。伝次郎は訝しげに目を細めた。

「と、いうと……」

「道場破りの浪人と対戦し、それがもとで死んでしまったのです」

「それはお気の毒な」

「あの、お名前を伺ってよろしいですか？」

亜紀は遠慮がちに聞く。

「伝次郎……」

姓を名乗るかどうか躊躇って、伝次郎は言葉をついだ。

「芝翫河岸で船頭をやっています」

「船頭……」

意外だったらしく、亜紀はまるくした目をしばたたいた。

「船頭さんが剣術を……それも、かなりの腕だと見込んだのですが……ほんとうに船頭さんで……」

伝次郎はふっと片頬に笑みを浮かべた。

「嘘も偽りもありません。正真正銘の船頭です」

「まあ、すっかり驚きですわ」

「世間は広い。いろんな人間がいてもおかしくはないでしょう」

「それはそうでしょうが……でも、やっぱり驚かずにはいられません」

亜紀の整った顔が急にあどけなくなった。その表情の変化に、伝次郎は好感を抱いた。この女はまっすぐな性格なのだと思った。育ちもよさそうだし、躾《しつけ》も立派そうであるが、おそらくそうに違いないはずだ。

「武家奉公をしているとおっしゃったが、どちらの御武家で……」

「要津寺《ようしんじ》そばの最上新蔵《もがみしんぞう》様のお屋敷です」

近くだが、最上家の屋敷のことは知らなかった。

「では、急ぎますので、これで……」

亜紀は一礼をして去ったが、すぐに立ち止まった。

「あの……」

といって躊躇い、

佇んでいた。

「いえ、なんでもありません」

といってすぐに立ち去った。伝次郎は亜紀が境内から見えなくなるまでその場に

神明社をあとにした亜紀は、朝靄の消えた六間堀《ろっけんぼり》沿いの道を辿《たど》った。朝日が、その堀川を照り返していた。最上家に戻る道すがら、いま言葉を交わした伝次郎という船頭のことが頭から離れなかった。

まさか、船頭だとは思わなかった。まず、そのことに驚いた。最初目にしたとき、この人はただものではない。相当の腕があると見た。

伝次郎は、世間は広い、いろんな人間がいてもおかしくないといった。たしかにそうだろうが、まさか船頭だとは思いもしなかった。

伝次郎は一刀流だといったが、おそらくかなりの腕だ。どこの道場で腕を磨いたのだろうかと思う。このごろの町道場は武士だけとはかぎらず、百姓町人を問わず入門を許すので、町人のなかにも侮《あなど》れない腕達者がいるのはたしかだ。

そんなことを思うのは、やはり弥之助のことが気にかかるからだった。思川の畔

で別れて以来、弥之助には会っていない。弥之助と兄弟弟子だった宮本鉄之進に会って、弥之助のことを聞くと、大田原忠兵衛を訪ねて行ったはずだといった。

しかし、その後、弥之助の行方が知れない。ひょっとすると、弥之助までも大田原に斬り倒されたのではないかという不安を、払拭《ふっしょく》することができなかった。無事を祈るために、神明社に足を運んでいるのだが、実家からも連絡はない。

もし、無事であれば今度こそ、思いとどまらせなければならない。そのうえで大田原を倒すために稽古を積んでもらいたい。何年かかってもいいと思っていた。

亜紀も大田原忠兵衛をこのまま許すことができないのだ。もし、自分が男だったら、じっとしていないはずだ。そのことは実の父親を殺されたものにしかわからない悔しさだと思っている。

亜紀は北之橋をわたったところで、立ち止まって空をあおいだ。

(弥之助さん、どこにいるの……)

五

緑町河岸に舟をつけた伝次郎は、そのまま河岸道にあがって赤松由三郎の家を訪ねた。玄関に出てきたのは妻のはるだったが、やはり伝次郎に気づいた様子はなかった。件《くだん》の夜に舟にいっしょに乗ってきた浪人のことは気にはなっていたが、もうそのことは忘れることにした。

はるが奥に呼びかけると、すぐに赤松が出てきた。

「これはこれは伝次郎殿、あとでそなたに知らせなければならぬと思っていたところなのだ。驚くではないか、昨夜、おせいが戻ってきたと文吉が知らせにやってきてな。いやあそれはなによりだったと一安心していたところだ。おっと、こんなところで立ち話もなんだ。さあ、あがってくだされ。はる、茶を淹《い》れてくれるか」

赤松はあがれあがれと伝次郎をうながした。

そのまま伝次郎は、小座敷で赤松と向かい合った。

「おせいが帰ってきたのはなによりでした」

伝次郎ははるから茶を受け取った。

「昨日のことがあったから、山城屋も少し考えてくれたのだろう。それも伝次郎殿、そなたのお陰だ。文吉にもその旨しっかり申しておいたから、いずれやつからも礼をさせなければならぬ」

「それより、残りの利子のことですが、おせいを返してもらったからといって、問題は片づいたわけではありません」

「うむ、よくわかっておる。今日にでも文吉に返しにいかせるつもりだ」

「金の工面は……」

「そなたが心配することはない。工面できるように段取りをつけてある」

心配はいらぬといって、赤松は茶を飲んだ。

縁側から射し込む朝日が、ささくれてけば立ったように傷んでいる畳を走っていた。どこかでのどかな鶯《うぐいす》の声がしている。

「ひとつお聞きしてよろしいですか？」

「うむ、なんなりと……」

「どうしてそこまで文吉に肩入れされるんです？　いえ、それが悪いというのではありませんが……」

「人が好《い》いだけのことです」

答えたのは隣の居間にいたはるだった。そのまま言葉をついだ。

「自分のことをもう少しお考えになればよいのに、よそ様のことばかり世話をお焼きになるから、うちはいつも火の車。お人好しにもほどがあります」

「はる、こんなところで内輪揉《うちわも》めはなかろう。黙っておれ」

赤松がたしなめたが、はるは黙っていなかった。

「あなたさまにも外聞がおありになるのですか。だったら、他のことに頭をはたらかせたらいかがです。いつまでも無役ではこの先が思いやられます」

はるは投げ捨てるようにいうと、さっと蹴るように立ちあがって台所に下がった。

「ははは、お見苦しいところを……」

赤松は誤魔化《ごまか》すように笑って、茶を含み、いつものことだ、気にすることはないと、まるで自分を慰めるようにいって、

「文吉はわたしがまだ非役になる前に、雇っていたのだ。できの悪い男ほど面倒を見たくなるのは人間の性《さが》かもしれぬが、あの男は目を離すとなにをしでかすかわか

らぬ。ちゃんとした生き方をしてもらいたいと思い、相談相手になっているのだよ。やつもわたしの他に頼るものがいないようでな。そんなわけで放っておけないのだ」

と、あくまでも人の好いことをいう。よくいえば面倒見のいい男、悪くいえばお節介《せっかい》というべきかもしれない。伝次郎はどちらにせよ、赤松のことが気になる。そんな自分もお節介なのかもしれないと、内心で自嘲《じちょう》した。

「……余計なことをお訊ねしました」

「あやつは粗忽者《そこつもの》だから、誰でも同じことを思う。根はいいやつなのだが……」

「それで山城屋に返す金のことですが……」

「それは心配いらぬ」

赤松が遮ると、台所で背を向けていたはるが、さっと振り返ってにらむような視線を夫に送った。伝次郎はそれには気づかぬ体をよそおい、低声で申し出た。

「赤松さん、もしよければわたしがお貸しいたします。利子なしのあるとき払いで結構です。わたしは独り者ですし、これといって入り用な出銭もありませんので、遠慮はいりません」

伝次郎の申し出に、赤松は目をまるくして驚いた。

「これは思いもよらぬことを。しかしそれではわたしの立つ瀬が……」

「これもなにかの縁です。それにこのお宅のこともわかっております。赤松さんのお人柄を見込んでの、わたしの好意と思っていただければさいわいです。どうか遠慮なさらずに……さ、早くしまってください」

伝次郎ははるに気づかれないように、懐から出した金包みを赤松ににぎらせた。紙包みには、五両を忍ばせてあった。

「悪いな。本心を申せば助かる。かたじけない」

赤松は気弱そうな笑みを浮かべて頭を下げた。それからふっと面《おもて》をあげて、じっと伝次郎を見つめた。

「そなた、元は武士であろうか？　それとも剣術の師匠でもいたのだろうか？」

赤松の疑問はもっともだった。伝次郎はどう答えるべきか、しばし目を彷徨《さまよ》わせてから、

「恥ずかしながら元は武士でありました」

と、侍言葉になって答えた。

「しかし、そのことはどうか深く聞かないでください」

「さようであったか。それで納得いたした。ならば、そなたとわたしは似たようなものだ。もっともわたしはいまだ侍身分を捨てきれずにいるが……いや、これは言葉を改めねばなるまい。そなた、あいや伝次郎殿はわたしより年長でありましょう」

「そんなことはどうでもよいことです。どうかこれまでどおりに……。さ、それではわたしは仕事がありますので、この辺で……」

伝次郎が立ちあがると、赤松が門口《かどぐち》まで送ってくれた。女房のはるは家のなかに引っ込んだままだった。

赤松家をあとにして舟に戻る伝次郎は、まぶしい日の光に手をかざして空を見た。酒井彦九郎に礼をいいに行かなければならなかった。

六

布川亜紀が奉公に出ている最上新蔵の屋敷を出たのは、奥方の食事を終わらせたあとであった。

武家奉公は給金をもらうのが目的ではなく、きちんとした武家の作法や躾《しつけ》を身につけるためであった。両親に勧められたのではなく、自ら望んでいたことであった。もっとも最上家といまは亡き父・清左衛門とは昔から親交があり、その縁で、ある意味の嫁入り奉公であった。

最上家をあとにして家路を辿る亜紀は足を急がせた。頭の大半は相馬弥之助のことで占められていた。いまどこでなにをしているのかさっぱり見当がつかない。

ただ、大田原忠兵衛を討とうとしていることだけはたしかだ。しかし、それは亜紀からすれば無謀なことでしかない。相手は父と師範代の木村倫太郎を倒した男である。

もっともそのことに、弥之助にわずかながらの逞しさと頼もしさを感じもする。他の門弟にはそんなことをしようとするものがいないのだ。師範代然《しか》りである。

さらに、門弟はあの一件以来、休んだまま道場に出てこないものが増えている。

(見放されたのだわ)

そうは思いたくなかったが、思わずにはいられなかった。

家に帰る前に、弥之助の家に寄ったが、

「わたしも心配でたまらないのですが、旅に出るといったまま音沙汰《おとさた》がないのです」

と、母の菊枝《きくえ》が心細い顔をする。

「帰られたら道場で待っているとお伝え願えますか」

亜紀は丁寧に頭を下げて弥之助の家を出た。

相馬弥之助の父は幕府の馬方《うまかた》だった。百俵五人扶持《ぶち》だったので、弥之助は大事に育てられたのだが、父・千右衛門《せんえもん》は五年前、疾痢《しつり》（赤痢）にかかり、あっけなく他界していた。父の死とともに弥之助と母親は、拝領屋敷を追われ、浅草今戸に小さな家を借りていた。

大黒柱はなくしたが、お上《かみ》の慈悲があり、相馬家にはわずかな禄米が支給されていたのだ。そのお陰で、弥之助は仕官《しかん》できる日を待っていたのである。もっとも暮らしは切り詰めたものであり、決して楽とはいえなかったが、弥之助はいきいきと布川清左衛門の教えを受けていたのである。

「仕官はやめた。わたしはいずれ、先生の道場を継ぐ男になる」

弥之助がそういったのは、亜紀が十七のときだった。つまり、それは亜紀を娶《めと》るという意味でもあった。亜紀も弥之助の一途さと、潑剌《はつらつ》とした普段の行動に憧れがあり、待ち望んでいたことであった。さらには、父・清左衛門がこういったことがある。

「亜紀、おまえはいずれ嫁になる身ではあるが、相馬弥之助はどうだ。あの男は見込みがある。婿に来てくれれば申し分ないのだが……」

若い亜紀は鵜呑《うの》みにした。しかし、弥之助も亜紀に気があるのを知っていたので、それは互いに納得済みのことであった。

家に帰ったが、道場は静かであった。いつもなら、元気な気合やかけ声、床板を蹴る音、激しく打ち合わせられる竹刀の音が聞こえてくるのだが、それもなかった。

「奥様の具合はどうなの？」

顔をあわせるなり母・ゆうが聞いてきた。奉公先の最上新蔵の妻・幸《さち》は、重い病にかかり床に臥したままだった。

「一時よりはよくなられたようですが、それも日によってよくなったり、悪くなったりで、お医者も戸惑っておられるご様子です」

「いったいなんの病なんだろうね」

「お医者さまもわからないと申されています。でも、癌ではないかと……」

「癌……」

「奥様はずいぶんお痩せになりましたから」

「それは不憫《ふびん》なことに……」

「お母様、弥之助さんは見えませんか？」

真っ先に聞きたいことだった。

母は翳りのある顔で弱々しくかぶりを振った。

「弥之助さんも見えないけど、師範代の木村も去りました」

「えっ……」

亜紀は猫のような目になった。

「門弟も離れるものが多く、木村もやり甲斐をなくしたのでしょう。……しかたのないことです」

母はただでさえ憔悴《しょうすい》しているのに、さらに肩を落とした。窓から射し込む傾いた日の光を受ける母の顔には、濃い影ができていた。

亜紀は仏壇に線香をあげたあとで、がらんとした道場に立った。日の光に浮かぶ床に、埃が積もっていた。つい先日まではこんなことはなかった。ぴかぴかに磨き込まれた床は、武者窓から射し込む光をまぶしくはじいていた。

殺風景な道場をあとにしようとしたとき、道場玄関に人の立つ気配があった。さっと振り返ると、そこに弥之助が立っていた。肩に振り分け荷物をかけている。

「さっき、うちに来たそうだね。母から聞いた」

弥之助は挨拶抜きでそういった。亜紀は小走りに近づくと、

「いったいどこでなにをしていたのです。人がどれほど心配していたと思います」

と、咎め口調になったが、無事な姿を見て、胸が熱くなり、瞳に膜が張った。

「すまぬ。大田原を追っていたのです」

弥之助は大田原の住まいを見つけ、張り込みをしていたといった。

「隙を狙って闇討ちをかけようかと思いましたが、それは卑怯なことだと、思いとどまっていた。だが、あの男をこのまま許すわけにはいかない」

「待って。弥之助さんには、いまのあなたには無理です」

「無理は承知だ」

ぴしゃりといった弥之助の表情が厳しくなった。

「無理をしてでも、男はやらなければならぬときがあるはずだ」

「………」

「他の門弟を見ると腹が立つ。なぜ道場を捨てるように去るのだ。そのことがわからぬ。力を合わせて道場を立て直そうという気概を持ったものがいなかったというのがわかり、嘆かわしくてならぬ。だが、わたしはちがう。そんな薄情者ではない」

「わかっています」

弥之助は興奮しているようだった。そのことが自分でもわかっているらしく、

「頭を冷やしたい。ついてきてもらえますか」

と、いって道場を出た。

いつにない命令口調だった。それでも亜紀の心には心地《ここち》よいひびきであった。もっともこれから弥之助がやろうとしていることは心配でならないのだが。

亜紀は弥之助のあとについて歩いた。日は大きく傾きつつある。弥之助はなにか考えているらしく、ずっと黙り込んでいた。声をかけられるのを拒むような空気さ

え身にまとっていた。

いつしか二人は思川の畔に立っていた。夕日が狭い川の面を黄金色に輝かせていた。先の畑から雲雀《ひばり》が舞いあがった。そろそろ見られなくなる鳥だけに、まだいたのかと、亜紀は思った。

「どこかへ行かれるのですか?」

亜紀は弥之助が肩にかけている振り分け荷物を気にして聞いた。野袴に打裂羽織《ぶっさきばおり》、それに草鞋《わらじば》履きであった。

背を向けていた弥之助がゆっくり振り返った。片頬が夕日に染まっていた。小鬢の後れ毛が風にそよいでいる。

「すまぬ」

突然、弥之助は頭を下げた。

「このままなにもできない自分がどうしても許せないのだ。大田原を何度か見かけたが、結局わたしは臆《おく》したまま声をかけることさえできなかった。だが、今度こそ意を決した。やつは旅に出た。わたしはそれを追って勝負を挑む」

弥之助は目を輝かせていう。

亜紀は大きなため息をついた。いってやりたいことは山ほどある。だけれど、それをいったとしても、弥之助が聞かないことはわかっていた。すがりついて泣きじゃくったところで、弥之助の気持ちを変えることはできないはずだ。

亜紀は足許に視線を落とし、一所懸命に考えをめぐらした。それからゆっくり顔をあげて、まばたきもせずに弥之助を見つめた。

「約束してください」

「………」

「ひとつは大田原と真剣で勝負をしないということです。父も師範代の木村さんも命のやり取りをされたのではありません。あくまでも試合だったはずです。だから、弥之助さんもそうしてください」

「………」

「それからもうひとつ、生きて帰ってきてください」

「………」

「そうでなければ……わたしが……可哀想すぎます」

いったとたん、堰《せき》を切ったように涙があふれた。

「わかってくれますか。約束してくれますか……」

泣き濡れた顔で、訴えるように弥之助を見た。

「……わかった。そうしよう」

亜紀はつつっと前に進み、弥之助の胸に頰を預けた。弥之助が手をにぎってきた。暖かいぬくもりがあった。その手をしっかりと、亜紀はにぎり返した。放したくなかったが、弥之助はゆっくり手を引いた。

「旅は長くない。大田原も数日で江戸に戻ってくることがわかっている。行き先は武蔵《むさし》だ。ことが終わったら飛脚を走らせる。そうしたらここで待っていてください」

「……はい」

「では、行ってまいります」

弥之助はしっかりと亜紀を見つめたあとで、くるりと背を向けて歩き去った。見送る亜紀は、その場に立ちつくしたまま、胸の前で合わせた手をしっかりとにぎりしめた。再びあふれそうになる涙を、口を引き結んで堪えた。

七

伝次郎は空の猪牙を操りながら大川をわたっていた。空には日の名残があるだけで、近づく万年橋が黒い弧を描いている。その先につづく小名木川がてらてらと油のように光っていた。

（いい人たちだ）

棹をさばく伝次郎は心中でつぶやく。

その日、酒井彦九郎に会えたのは日の暮れ前だった。彦九郎だけでなく、松田久蔵にも中村直吉郎にも会うことができた。久しぶりに見るかつての先輩同心たちは、元気であったし、伝次郎に他ならぬ気遣いを見せてくれた。そんなに恩に着られては困ると思うのだが、彼らは心から伝次郎のことを気にかけてくれていた。

――伝次郎、仇を討ったあかつきには、どうだわしの下について助をしてくれぬか。

そういったのは松田久蔵だった。他の外廻り同心とちがって荒い言葉を使わない男で、人柄も顔に表れていた。

――松田さんだけではない。おれたちの助も頼みたい。船頭稼業を長くやっているつもりはねえんだろう。礼はきっちり弾ませてもらう。考えてくれ。おれたちはおまえが首を縦に振ってくれさえすりゃ、いつでも喜んで引き受ける。

中村直吉郎だった。

――伝次郎、みんなおまえのことを思っているんだ。

彦九郎も言葉を添える。どれもこれも身にしみるほどありがたかった。しかし、伝次郎には、もはや判じ物や捕り物をやる気はなかった。いまは第二の父と呼べるであろう、亡き嘉兵衛のあとを継ぐことしか念頭になかった。

安請け合いはできないので、

――お気持ち、いたみいります。

と、差し障《さわ》りのない返事をしていた。

しかし、最後に中村直吉郎が気になることを口にした。

――はっきりしたことじゃないが、またもや津久間に似た男が見られている。

伝次郎はそのときだけ、表情を硬くした。

——品川で見たという話もあったが、今度は渋谷だ。他人の空似《そらに》かもしれねえが、おれの使っている手先の話だ。そいつによると、人相書きや似面絵《にづらえ》に似てはいるが、ずいぶん瘦せていたそうだ。

——渋谷ですか……。

——うむ。病人のようだったという。しかし、眉間に傷があったので、そうではないかとその手先の話であった。

町方はほうぼうに手先を放っている。悪党を捕縛するために、最も重要なのが情報であった。その情報を集めるために、岡っ引きを使い、また岡っ引きの使う下っ引きを使っている。

伝次郎に力を貸してくれている三人は、それらの手先を津久間戒蔵探しに使っているのだった。もっとも他の事件があれば、そっちに注意の目は向けられるのではあるが、伝次郎にとってはありがたいことだった。

舟は万年橋をくぐり抜けた。河岸道には軒行灯や提灯のあかりがある。小名木川のずっと先のほうで、舟提灯が揺れていた。

いつになく遅くなったので、伝次郎はこのまま千草の店に行こうと思った。芝翫河岸に舟をつけたときだった。

「おい、船頭。もう終わりかい」

声をかけてきた男がいた。裾前を払いながら雁木を下りてくる。

「そろそろ仕舞いにしようかと……」

「殺生《せっしょう》なこといわねえで、ちょいとやってくれ。なに、遠くじゃねえ。この川をまっつぐあっちへやってくれりゃいいだけのことだ」

男は小名木川の東を顎でしゃくって、さっさと舟に乗り込んだ。これでは断るに断れない。

「どのあたりまで行けばいいんです？」

「五本松《ごほんまつ》のそばだ」

深川猿江《さるえ》町《ちょう》に丹波《たんば》綾部《あやべ》藩の下屋敷があり、その屋敷からその昔五本の松がせり出し、小名木川にその見事な枝振りを映していた。土地のものが「五本松」といえば、それとわかる。もっともいまは五本ではなく、松は一本しか残っていなかった。

「それじゃ……」

伝次郎が棹を立てようとすると、

「おいおい、待て待て、連れがいるんだ」

と、男が止めて、河岸道に「話がついたから乗りやがれ」と声をかけた。すると暗がりから四人の男がばらばらと駆けてきて、身軽に舟に乗った。どれもこれも与《よ》太者《たもの》だとわかった。

あまり歓迎できる客ではないが、むげに断れば、揉め事になるかもしれない。そんなことは極力避けたいので、伝次郎は黙って舟を出した。

男たちは妙だった。舟に乗ったきり、一言も口を利かないのだ。ときどき、舟を操る伝次郎に敵意のあるような視線を向けては、腕を組んでだんまりである。

（こいつら、なにか企んでいるな）

伝次郎はそう思うが、黙って棹をさばきつづけた。

新高橋をくぐり抜けると、船番所《ふなばんしょ》がある。その先の川の両側は大名屋敷地で、町のあかりもなくなり、いきおい淋しくなる。ぎっしぎっしと舟が軋《きし》む。五人の男を乗せているので、舟もしんどそうだ。

それでも伝次郎が棹を立てるたびに、舟はすい、すいっと前へ進む。川の先の空には星が散らばっていた。河岸道の先にある田圃《たんぼ》から、蛙の声が聞こえていた。

「右につけろ」

最初に乗り込んできた男がいった。伝次郎はいわれるとおりに、右側の岸に舟を寄せた。

「そのへんでいいですか」

「おう、かまわねえ」

伝次郎は舷《げん》側を川岸にそっと寄せて、舟を止めた。そのとき、二人の男が立ちあがり伝次郎のそばに来た。

「おめえにも付き合ってもらう。いっしょに降りるんだ」

男はそういって懐の匕首《あいくち》をちらつかせた。他のものたちも剣呑《けんのん》な目を、伝次郎に集中させていた。

「なんのつもりだ?」

「うるせえ! 降りろといったら降りやがれッ!」

伝次郎は強く背中を押されて、たたらを踏むように河岸道にあがった。刹那《せつな》、逃げ道を塞《ふさ》ぐように男たちが取り囲んだ。

第四章　商人の罠

一

伝次郎は一度大きく息を吸った。

まわりを囲んでいる男たちの手には、闇を吸い取る刃物が光っている。下手に動けば、四方から匕首が飛んできそうだ。ここでジタバタしてもなにもいいことはない。伝次郎は男たちにおとなしくしたがうことにした。

舟をつけた場所は大名屋敷から離れた、八右衛門新田《はちえもんしんでん》という百姓地だった。水の張られた田圃に星と月が映り込んでいる。蛙の声があちこちでわいていた。

伝次郎は幅一間ほどの畦道《あぜみち》を歩かされた。男たちは無言のままだ。それがかえって不気味であった。しかし、伝次郎には男たちに脅される理由がわからない。

（よもや……）

真っ先に浮かんだのが、夕刻、中村直吉郎から聞いたことだった。中村は津久間戒蔵が渋谷に出没しているような情報を得ていた。もし、そうだとしたら津久間は、すでに自分のことを調べつくしているかもしれない。

しかし、いまの自分のことは容易には知られないはずだという自負もある。また、津久間が江戸に入ったからといって、自分の命を必ずしも狙うとはいいきれない。

誰の差し金だと男たちに聞いても、答えてくれる雰囲気ではなかった。しばらく行ったところに百姓家があった。男たちはその家の庭に連れ込み、さらに戸口の前に立って、

「連れてめえりやした」

と、屋内に声をかけた。最初に舟に乗り込んできた男だ。

「入れ」

ドスの利いた低い声がして、戸が引き開けられた。目つきの悪い男がそこに立っていて、土間を入ったすぐの座敷にひとりの男がいた。伝次郎は片眉をヒクッと動

かした。

池谷玄三だった。

山城屋の用心棒だ。なるほどと、伝次郎は腹の内でつぶやいた。池谷は片膝を立て、茶碗酒を飲んでいた。そのまま恨みのこもった目を向けてきて、口の端に人をいたぶるような笑みを浮かべた。

「おれになんの用だ？」

伝次郎は土間に入って、池谷を見つめた。まわりにいる男たちは、それぞれに匕首から長脇差に持ち替えていた。長脇差は土間の壁際に立てかけてあったものだ。

伝次郎はこの家に入るなり、それを見ていた。

「てめえには恥をかかされた」

池谷はぐびっと酒をあおり、顎にしたたった酒を手の甲でぬぐった。

「おまけに山城屋にお払い箱になった。せっかくの生計《たつき》をなくしちまった」

「…………」

「なにもかもてめえのせいだ」

「それは筋違いだ」

「なんだと……」

ぎらりと池谷の目が光った。だが、すぐに怒りを静めた顔になって言葉をついだ。

「あれからてめえのことを探ってみたんだ。なんのことはねえ、船頭じゃねえか。それにしちゃなかなか腕がある。剣術の稽古はどこでした？」

「……いろいろだ」

「船頭身分に剣術とはあきれるぜ。もっとも客にはいろんなのがいるだろうから、その用心のためか……。まあ、そんなことはどうでもいいが、山城屋に町方を送り込んだのはてめえか……」

伝次郎は黙り込んだまま池谷をにらんでいた。同時にまわりの男たちにも神経を配るのを忘れていなかった。

「どうだ？」

「知らねえ」

伝次郎はとぼけた。こんな男相手にまともなことをいうつもりはない。

「てめえじゃなきゃ文吉か、あの貧乏御家人ということになるな。するとあっちも締めなきゃならねえか……」

伝次郎はぴくっとこめかみを動かした。こいつを放っておけば、文吉にも赤松由三郎にも害が及びそうだ。それは決してあってはならないことだ。

「伝次郎といったな。おれも油断をして無様《ぶざま》なところを見せちまったが、今夜はそうはいかねえぜ。たっぷり礼は返してやる」

池谷は手にしていた茶碗をそばに放り投げると、脇に置いていた差料《さしりよう》をつかんで立ちあがった。そのままずいと進み出てくる。上がり框に片足をかけたところで、

「てめえらはさがってな」

と、顎をしゃくり、刀の柄に手をかけ、鯉口《こいぐち》を切った。

(いかん、こいつは本気で斬るつもりだ)

伝次郎は命の危険を感じた。現に池谷の目は、狂気じみた光を宿している。まともではない人間の目だ。伝次郎はそんな罪人を何人も見ている。道理もとおらなければ、世間の常識も通用しない輩《やから》である。

「船頭風情にコケにされちゃ、黙っておれなくてな。死んでもらうぜ」

池谷の目が据わった。

感情をなくして、獲物をただ殺すだけという獣じみた冷たい目だった。その手が

動いて刀が抜かれた。伝次郎を取り囲んでいた男たちが、輪を広げるように離れた。

瞬間、池谷の足が上がり框を蹴って体が躍った。伝次郎めがけて刀が袈裟懸けに振り下ろされてくる。

燭台《しよくだい》の炎が、ふらりと隙間風に揺れた。

伝次郎は斬撃をかわすために、紙一重のところで横に飛んで、ひとりの男に体当たりした。そのまま壁にぶつかり、男の首に肘鉄砲《ひじでつぽう》を食らわせ、つかんでいた刀をもぎ取った。

「野郎ッ！」

つばを飛ばして、池谷が撃ちかかってきた。伝次郎は下から撥《は》ねあげてから、脛《すね》を狙って刀を水平に振った。池谷はかろうじて後ろにさがって、伝次郎の反撃をかわした。

「野郎ども、ぶち殺すんだ」

池谷の命令で、まわりの男たちが動きだした。

一対六――。

数では負ける。だが、伝次郎はこんなところで犬死にするつもりはない。それに相手は生かしておいても世間のためになるような人間ではない。

(容赦しねえ)

胸の内で吐き捨てると、不用意に撃ちかかってきた男の腕をたたき斬り、返す刀で、喉首を切り裂くように斬った。ビュッと鮮血が迸《ほとばし》り、土壁に血痕《けっこん》を走らせた。

背後から襲いかかってくるものがいた。伝次郎は腰を落とすと、左足を軸にしてくるりと反転し、刀を斜め上方に突きあげた。男の心の臓に、切っ先が埋まっていた。

さっと、引き抜くと同時に鮮血があふれた。男は「あーげっー」と、蝦蟇《がま》を踏みつぶしたような、奇妙なかすれ声を漏らして倒れた。

前方から突きを送り込んできたものがいた。伝次郎はすり合わせるように刀をからめると、横に払って、男の顎を蹴りつけ、胸ががら空きになったところで、脾腹を斬り抜いた。

転瞬、大きく股を広げ、腰を落として、脇構《わきがま》えになった。右の掌が天井を向くように柄を動かし、刃を寝かせると、チャリッと音がした。刀の手入れが悪いから、鍔元《つばもと》が緩《ゆる》んでいるのだ。

伝次郎は炯々《けいけい》とした目をまわりの男たちに配る。ひそかに呼吸を整える。男たちはあっという間に仲間三人を斬られたので、警戒しはじめている。怯《ひる》みを見せるものもいる。

風が動いた。左斜め後ろだ。伝次郎の刀が弧を描くように、素早く動き、斬りかかってきた男の片腕を斬りあげていた。

斬られた男は獣じみた悲鳴をまき散らしたが、それは長くなかった。すぐさま伝次郎の第二の斬撃が後ろ首をたたき斬っていたからだ。それを見たひとりが、驚《きよう》愕《がく》したようにカッと目を見開き、

「野郎ッ！」

と、怒声を発して斬りかかってきた。隙だらけだった。

伝次郎の手許が軽く動いて、右足が踏み込まれた。動作は単純だったが、相手は伝次郎が軽く突きだした刀の切っ先に、自ら腹を埋める恰好になった。

「うぐッ……」

伝次郎は刀を抜いて、背後から撃ちかかってきた男の刀を撥ねあげ、逆袈裟に斬りあげた。脂と血のついた刀は斬れ味が悪かったが、伝次郎の素早い刀さばきは、

十分な威力を発揮していた。

相手は背後の壁に背中を預けて、ずるずると倒れた。伝次郎は手にしていた刀を捨てて、いま斬ったばかりの男の刀を奪い取るなり、座敷に躍りあがった。

「てめえ、いったいなにもんだ。ただの船頭じゃねえな」

池谷は青眼に構えたまま、じりじりと後退した。禍々《まがまが》しい双眸《そうぼう》は変わらないが、それにはわずかな焦りが見られた。

「おれの仲間にならねえか。てめえがいればいい稼ぎができる」

伝次郎は無言のまま間合いを詰めた。

「どうだ。悪い話じゃねえぜ」

「よかろう」

伝次郎は応じるなり、一瞬気を抜いた池谷の肩を斬った。

「く、くそっ……」

面上に血を上らせた池谷が、夜叉《やしゃ》の形相になって撃ち込んできた。伝次郎は落ち着き払って、池谷の斬撃を横にかわすと、横首に一刀を見舞った。

ズバッと迸った鮮血が、障子をまっ赤に染めた。

六人を斬り捨てた伝次郎は、大きく肩を動かして家のなかを眺めた。隙間風が破れ障子をひらひら動かし、燭台の炎を揺らめかせていた。

伝次郎は刀をつかんでいる右手の指を、一本一本剝《は》がすようにして、刀を放した。もう一度大きく息を吸って吐きだすと、そのまま表に出た。

汗ばんだ体に、ねっとりした夜風がまといついてきた。

二

江戸には吉原《よしわら》の他に、いくつもの「岡場所」と呼ばれる私娼窟《ししょうくつ》がある。音羽町《おとわちょう》にも代表的な岡場所があった。それは、音羽町九丁目から桜木町《さくらぎちょう》の裏町に集中していた。

表通りには水茶屋や料理屋が軒をつらねていたが、ひとつ奥に入った路地と裏通りにそれらの店があった。

津久間戒蔵はその店の一室にいた。敷かれた夜具にあおむけになって、天井を凝視していた。どす黒いというより、青黒いといったほうがいい顔に、有明行灯のあかりを受けている。目はさっきからまばたきもしていなかった。まるで死んだような表情だ。

「ねえ、お侍さん」

女郎が心配そうなかすれ声で呼びかけた。

さっきその女の名前を聞いたが、すぐに忘れた。まだ若い女だ。おそらく十六から十七だろう。にきび面だった。それに、いまの津久間と同じように痩せていて、乳房は申しわけ程度にしかふくらんでいない。

まったく貧相《ひんそう》な乳だった。尻にも腰にも肉が足りなかった。女としての魅力などなかった。まして男の相手をする女郎の体ではなかった。

「……なんだ」

「なんだ、生きていたのね。まさか死んじゃったんじゃないかしらと心配したんですよ」

女郎は青臭かった。

「まだ死にはしねえさ。そう長くはないと思ってはいるが……」

津久間は力のない声で応じた。しゃべるのは億劫《おっくう》だったが、しゃべりたかった。

「護国寺《ごこくじ》参りといったんだ」

「は……」

女郎は目をぱちくりさせた。貧相な体つきだが、目だけは大きかった。

「護国寺参りといって、この辺に遊びに来たもんだ。仲間内じゃそういっていた」

「お侍さん、西国《さいごく》の人だね。そんな訛《なま》りがあるもの」

津久間は目玉だけを動かして女郎を見た。

貧相な乳に、細い肩、肉のない尻……。もっとも抱きたいために、この店にあがったのではなかった。おなつがいたのだ。だが、もういないとわかった。半年前に、なんの病かはっきりしないが死んでしまったそうなのだ。

それを知ったとき、体から力が抜けてしまった。なんのために江戸に来たのかと慨嘆《がいたん》し、張り合いをなくしていた。

「わかるか……」

「わかるわよ。ときどきそんな客が来るもの。ねえ、それで護国寺参りってなんです？」

女郎はあどけない顔で聞く。

「この町の北にある寺だ。知らないのか？」

「知ってるわ。でも、お侍さんがいうのは別の意味でしょう」

「こういう店で女を買うときに、そういっていただけだ。窓を開けてくれ」

女郎は「なんだ、そうか……」と、つまらなそうにいって窓を開けた。夜風がすぐに入ってきた。気持ちよかった。津久間は大きく息をした。だが、すぐに咽《むせ》たような咳《せき》を繰り返した。それはだんだんひどくなり、ごふぉんごふぉんと、痰《たん》がからんだような音になった。津久間は胸をさすって、ようやく咳を鎮めた。

「お侍さん、大丈夫ですか？」

「ああ……」

津久間はつばを呑み込み、枕許の急須に手をのばした。女郎がそれと気づき、ぐい呑みに水をついで、わたしてくれた。

津久間はゴクゴクと喉を鳴らして飲んだ。女郎は裸体を曝《さら》したまま心配そうにその様子を見守っていた。

「風が冷たいんじゃ……」

女郎が窓を閉めようとしたので、

「いい、開けておけ」

と、津久間は制した。

「体に障るといけないんじゃ……。お医者に診てもらっているんですか？」

津久間は返事をしなかった。また夜具に横たわり、窓の外を眺めた。まあるい月が浮かんでいた。

「これから右のほうが欠けていくんだな」

津久間の瞳には月が映り込んでいた。

「は……」

「月は左にふくれて丸くなった。今度は逆に右が欠けて細くなっていくんだ」

「…………」

女郎はきょとんとしている。

「おれの居場所はなくなった。……もうどこへ行っても同じだ」

「…………」

「夢を見るんだ」

「どんな夢……」

「いろんなやつが出てくる。男も女も子供も……みんなおれが斬った」

女郎が息を呑むのがわかった。

津久間は独り言のようにつづけた。

「あと半年もつかどうかわからぬな。……ふふ、野垂れ死にだ」

(それがおれの末期《まつご》になるのだろう)

「それならそれでいい。もうこの世に未練などない。どうせなら……」

言葉を切った津久間は、しばらく息を止めもした。あることが頭に閃《ひらめ》いたのだ。

そうだ、どうせなら野垂れ死にするより、自ら死を選べばいいのだと思った。どんな死がいいかと、またたく間にその回答が頭に浮かんだ。

(斬り死んでいい)

それには相手を選ばなければならない。そう考える矢先に、ひとりの男の顔が浮かんだ。もっともその顔は、ぼんやりと霞《かすみ》がかかったようになっていて、はっきりしない。

しかし、所在はわかっている。名前も知っている。

津久間はらんと目を輝かせた。

(沢村伝次郎……。南町奉行所の同心だ)

やつはきっとおれを探している。おれを仇だと思い、目を皿のようにして探しているにちがいない。それともあきらめたか……。いや、そんなことはない。あの男はおれを探しているはずだ。おれがやつでも、そうする。

津久間は額の古傷を指先でなぞった。沢村伝次郎に斬られた傷だ。

「やつを探そう。……そうだ、やつに会おう」

それは小さなつぶやきだった。

「なんですか？　ねえお侍さん、なんといったの？」

津久間は返事をしなかった。

(やつに斬られて死んでもいい……)

津久間は月を見つめつづけた。

三

午前中、小網町《こあみちょう》の行徳河岸へ客を送ったのをきっかけに、仕事が忙しくなった。

客を降ろせば、それを待っていたように客が来るのだ。

商売繁盛ではあるが、さすがの伝次郎もその忙しさには、内心で舌を巻いていた。こんなことはめったにあることではない。

その朝行ったのは、山谷堀に神田の佐久間河岸、吾妻橋の東詰、深川猿江町、深川洲崎《すさき》の平野橋と大川を上り下りして、竪川から大横川へという忙しさだった。

昼過ぎに芝翫河岸に戻ってくると、その日の仕事は終わりだと見切りをつけた。このところ舟の手入れをしていなかったので、荒縄の束子《たわし》を使って舟を洗った。舟縁《ふなべり》や舟のなかはもちろん、舟底についた青苔《ごけ》や小さな貝を落とした。

手入れが悪いと、青苔はあっという間に繁殖し板を腐らせる。また貝もいつのまにかくっついて増えるから注意しなければならない。

(舟の手入れは、侍の刀の手入れと同じだ)

いったのは師匠の嘉兵衛だった。股引を脱ぎ、尻端折りをし、両腕をまくった片肌脱ぎで舟の手入れをする伝次郎は、まったくそうだと思う。侍にとって命のつぎに大切なのが刀なら、船頭にとって命のつぎに大切なのが舟であるのはもっともなことだ。それに使っている舟は、嘉兵衛から譲り受けたものだから、ある意味形見《かたみ》ともいえた。

体を動かしているうちに、剝き出しの体に汗が浮かんだ。伝次郎は額や首筋の汗を手拭いでぬぐうと、頭に巻きなおした。すべてを終えて、足半《あしなか》を櫓床に揃えた。足半とは操船中に足が滑らないように履く、踵のない草鞋である。最近はその足半も履くことがなく、裸足のことが多い。

河岸場の石段に腰掛けて煙管を吹かしていると、背後から声をかけられた。振り返ると、照れくさそうな顔をした文吉が、ちょこんとお辞儀《じぎ》をして近づいてきた。

「どうした？」

「へえ、伝次郎さんにはなにかとお世話になりまして……この度はいろいろとお気遣いいただきありがとうございました。赤松の旦那にちゃんと礼をしてこいと、くどいほどいわれちまって……あ、いや、あっしはいわれる前にそうしようと思っていたんですが……」

文吉は鼻の脇を指先でかいてもう一度頭を下げると、伝次郎の隣に腰をおろした。

「山城屋の件はすんだのだな」

「へえ、お陰様ですっかり無事収まりました」

「無闇に借金などしないことだ」

「まったくです」

伝次郎はしばらく自分の舟を眺めた。洗い立ての舟は明るい日の光を照り返している。隣に舫ってある老朽船とは大違いだった。

「仕事はまだ決まらないのか……」

伝次郎は煙管の雁首を石段の角にぶつけて、煙草入れに煙管をしまった。

「そろそろだとは思うんですが、このご時世ですからすんなりとはいきません。渡り中間もそろそろ潮時《しおどき》じゃねえかと思いますが、手に職はないし、いまさらどこぞのお店への奉公もままなりませんし……世知辛《せちがら》い世の中です」

「年寄りじみたことをいうんじゃない。おまえはまだ若いんだ。その気になればなんだってできる。おれも四十の声を聞いて船頭になったんだ」

「へえ、そうだったんで……」

文吉は目をまるくして、その前はなにをしていたのかと聞いた。

「その前……まあ、いろいろだ」

伝次郎は適当に誤魔化した。

「やっとうはどこで習ったんです。伝次郎さんは心得があるでしょう。山城屋の用心棒を相手にしたときは見ていて肝が冷えましたが、あのときは胸のすく思いでしたよ」

「おまえが余計な揉め事を起こさなきゃ、あんな危ない目にはあわなくてすんだんだ」

いうつもりはなかったが、文吉という男は人の気持ちを斟酌《しんしゃく》できない人間のようだから、伝次郎は小言をいった。昨夜は危うく殺されそうにもなっているのだ。

「剣術は下手の横好きというやつだ。たいしたことはない」

「でも、相手は用心棒だったんですぜ。それともあいつが弱かったんですか？」

「おそらくそうだろう……」

文吉は片足を貧乏揺すりさせ、なにかを躊躇っている様子だった。それと気づいた伝次郎は、訝しそうに文吉の横顔を眺めた。

「……なにかあるのか？」

「へえ、ちょっと……言っていいものかどうか迷ってんです」

「なにをだ？」

「赤松の旦那のことです。いろいろ世話になっている手前、波風は立てたくねえから黙っていましたが、そろそろ言ったほうがいいんじゃねえかって……」

「よくわからんな」

それでも文吉は逡巡《しゅんじゅん》していた。足許の小石を拾うと、小名木川に投げた。ぽちゃんと落ちた小石が小さな波紋を広げた。そのそばを通っていた荷舟の船頭が、二人を見てきたが、そのまま大川のほうへ行った。

「赤松の旦那はいいんですが、あのご新造が……もともと愛想もよくねえし、おれにもあまりいい顔しねえからなるべく話さないようにしていたんですが、あのご新造、とんだ食わせもんなんです」

「………」

伝次郎は眉間にしわを彫った。

「旦那に隠れて浮気してんです。あんないい人なのに……」

くそッ、と文吉は吐き捨てた。

「そんなことを……」

「いまにはじまったことじゃないんです。おれは一年ばかし前から知っているし、相手がだれかも知っていますうまいことやってるつもりでしょうが……おれは知った手前、どうしたらいいかわからなくて……」

伝次郎は遠くを見た。町屋の甍《いらか》が照り返っている。その空で鳶が舞っていた。

「むずかしいことだな」

「赤松の旦那に教えたほうがいいと思いますか？」

文吉が真顔を向けてきた。

伝次郎は安易に返答できなかった。

「……赤松さんの夫婦仲が悪くなけりゃ、他人がめったに口出すことじゃないだろう」

「黙っていたほうがいいですか？」

「……気の迷いを起こすのは、男ばかりとはかぎらない。元の鞘《さや》に納まるのを見守っているしかないだろう」

「あのご新造が……そりゃどうでしょうかね……」

文吉は赤松の妻・はるへの心証《しんしょう》が悪いようだ。伝次郎もあまりいい顔をされなかったと、思いあたる。だが、三十前の年増女にしては、男好きのする面立《おもだ》ちでもあるし、姿もよい。正直なところ、赤松とは釣り合いの取れない女だという印象があった。

「知っていて知らぬふりをするのも大人だ」

「それでいいと思いますか……」

伝次郎は曖昧にうなずいた。

「……それじゃ黙ってるかな」

文吉はそういって腰をあげ、尻を払った。

「伝次郎さん、また遊びに来ます」

「それより、早く仕事をすることだ」

「言われなくったってわかってますよ」

文吉はにやっと笑って、石段をあがった。伝次郎はすぐに呼び止めた。「なんです」といって、文吉が振り返る。

「赤松さんのご新造の相手はどんな男だ？」

「浪人です。なにをしてるのか知りませんが、しょっちゅう家を空けてるようです」

四

「帰りは遅くなるのか？」

風呂敷包みを抱えて玄関を出ようとしたはるを、赤松は呼び止めた。

「いいえ。ご近所ですよ。茶飲み話をして帰ってくるだけです」

「さようか……」

「なにか？」

はるは強気の目を向けてくる。

「いや、なんでもない。気をつけて行ってくるがよい。わたしもあとで出かけるが……」

「あら、どちらへ？」

「世話役の家だ。いつまでもこのままではいかぬだろう」

「ごもっともなことです。早くお役を見つけてもらわないと、困ります。世間体もあることですし……」

言葉に険があったが、赤松は聞き流すことにしている。その代わり別のことを付け足した。

「世話役の家の帰りに仕事をもらってくる」

いったとたん、はるの面上にかすかな侮蔑《ぶべつ》の色が刷《は》かれた。内職を殊の外《ことほか》嫌っているのはわかっているが、そうでもしなければ生計が苦しい。しかたないことだった。内職は蠟燭《ろうそく》の芯巻きだった。骨の折れる仕事で、その対価も安いが、なにもしないよりはましだった。はるがいやな顔をするのは、手伝わされるからである。

「お人好しに、文吉の面倒なんか見るからです。あれはろくでもない男です。性根《しようね》が腐っています。わたしはかまわないでほしいと何度もいっているのに……」

「そう厳しいことをいうな。あれは放っておくとどうなるかわからぬ男だ。誰かが見ておらぬと、道を踏み外しかねない」

「文吉が道を踏み外しても、あなたのせいではありません。では、行ってまいります」

はるはぷいっと頬をふくらませると、そのまま家を出ていった。

ひとりになった赤松は、深いため息をついて、ぬるくなった茶に口をつけた。それからしばらく宙の一点を凝視した。

（わたしがいたらぬばかりに……）

胸の内でつぶやき、またため息をつく。家計はいつも火の車だった。よくこれでやり繰りしてきたものだと、我ながらあきれつつ感心もする。

しかしながら妻の不満はよくわかる。役目が振り分けられれば、その不満も少しは解消されるとわかっている。

だから、赤松はおりあるごとに世話役の家に足を運んでいるのである。世話役とは、小普請組《こぶしんぐみ》世話役のことをいう。赤松が無役となって小普請入りをしてもう数年になる。よって役料も役扶持《やくぶち》も出ない。そんなものたちの〝就職〟や屋敷替えの世話をしたり、もろもろの願い事や届けを相談したりするのが世話役であった。

より早く、よりよい役職に就くためには、まず世話役に気に入られなければならなかった。そのための〝就職活動〟は無役の小普請組のものには必須のことだった。

「それにしても……」

湯呑みを持った手を膝に置き、声に出してつぶやいた。膝許の畳に、縁側から射し込む光の条《すじ》がのびていた。

赤松の顔が苦悩にゆがむ。

妻はまた遅くなるのではないかと危惧《きぐ》するのだ。ここ数年、そんなことがある。たびたびではないが、年に数度あるのだ。ここしばらくがそうであった。普段とちがい、気持ちが落ち着かないのか、朝からそわそわしている。出かけてくるというのは、口実だと赤松には思えてしかたなかった。

帰ってきたときはかすかに酒臭くあり、また妙な気遣いを見せたり、極力何気《なにげ》なさを装ったりするのだ。明らかに不自然であった。

（男……）

だと、赤松は思った。しかし、それを問い詰めたり、糺《ただ》すことはできなかった。穿鑿をすればはるがいやがるのはわかっているし、それになんの証拠もないまま咎め立てもできない。ただ、薄々感じているだけなのだ。

それでも気になってしかたなかった。しかし、そのことを口にすれば、はるが夫婦別れをいいだすのではないかと危惧していた。

離縁はしたくなかった。跡取りはできないが、離縁は避けようと考えていた。また、子が出来ないのは自分に因《いん》があるのではないかと、赤松は思っていたし、もしそうなら妻に対して申しわけないという気持ちがある。

口論になれば、弁の立つはるに負けるのもわかっている。家のなかは平穏にしておきたかった。だから、妻に対して不義の疑いを持つのは罪だと考えていた。

（なにもかも、わたしが至らないばかりに……）

役がつけばそんな悩みもなくなるだろうし、妻も結婚当初の女に戻ってくれると信じるしかなかった。

「さて、わたしも出かけるとするか……」

赤松は湯呑みを置いて、腰をあげた。

文吉は伝次郎に礼をいいにいったあとで、そのことを報告するために赤松の家にまわったのだが、ちょうど妻のはるが風呂敷包みを抱えて木戸門を出てきたところだった。

あまり顔を合わせたくない文吉は、角の塀に身を隠してやり過ごし、はるの後ろ姿を見送った。そのまま赤松の家を訪ねようとしたが、ふと頭に閃《ひらめ》くものがあり、はるを尾《つ》けることにした。

（ひょっとするとまたあの男に会いに行くのでは……）

文吉はそう考えた。今日はその現場を押さえて、相手の男を脅してやろうかと思ったのだ。男は浪人のようだが、なにか仕事をしているはずだ。それに、あの長屋は二人の密会のために借りてあるだけで、男には別に所帯があるかもしれない。もし、そうなら男に脅しをかけ、はるから手を引かせる。

（いやいや、それだけじゃつまらねえな）

前を歩くはるの後ろ姿を見ながら、文吉はにやりとほくそ笑んだ。

はるの浮気相手を脅せば、口止め料をいただけるかもしれない。これはいつにない名案だと思いはるを尾行した。

永倉町の自宅を出たはるは、三ツ目之橋をわたりはじめた。こりゃあ本所茅場町のあの浪人の長屋に行くのだと、文吉はほくそ笑んだ。

ところが、はるは橋をわたるとそのまま、まっすぐ本所徳右衛門町を素通りして先の武家地に向かう。例の浪人の家に行くのなら、橋をわたって左に曲がるはずである。

しかし、はるはそうしなかった。どこへ行くのだと、あとを尾ける文吉は暇にあかせて首をひねる。

ひょっとすると、あの男の実家かもしれないと思いもする。茅場町の長屋は密会に使うだけで、男にはちゃんとした屋敷があるのだ。

それならそれで、その屋敷を見ておくのも一興《いっきょう》だった。それに名ぐらい知っておきたかった。金のある旗本なら、ちょっとした〝稼ぎ〟にもなると、頭のなかで算盤をはじく。

はるが訪ねたのは、とある一軒の屋敷だった。練塀《ねりべい》をまわした立派な屋敷だった。塀を越えて道にせり出している松の枝振りもよければ、青々と葉を繁らせた大きな楠《くすのき》も聳《そび》えている。

表札でもあれば、すぐに誰の屋敷であるかわかるが、江戸の武家屋敷のどこを見てもそんなものはない。文吉は屋敷の主をたしかめるために、近くの辻番を訪ねた。この番人は町雇いのものである。昔はちゃんとした武士が当番に立っていたが、江戸も半ばを過ぎると雇われた町人が務めるようになっていた。

「ありゃあ、塚田勘太郎《つかだかんたろう》様のお屋敷だよ。殿様は御小姓組《おこしょうぐみ》を隠居なさっていまは悠々だ」

辻番人はのんびり顔でいう。

「隠居っていうと、結構な年ということかい……」

「六十を超えたかどうかってとこだろう」

それじゃあの男とはちがう。文吉ははるの浮気相手の顔を思い浮かべた。

「すると倅《せがれ》がいてもおかしくはねえな」

「跡取りはいるよ。いい若殿だよ。気さくな人で男っぷりもいい」

そいつだと文吉は思った。暇な辻番人はいい話し相手ができたと思ったのか、勝手につづけた。

「若殿は偉いお役目についていなさる。そのためにお城の近くに住んでおられる。彦之丞《ひこのじよう》さんとおっしゃって、子煩悩《こぼんのう》な方だ。ときどき乗物で見えられ、隠居された殿様をいたわっておられるのを見るが、親孝行ってのは傍《はた》で見ていてもいいねえ」

「へえ……」

文吉は気のない返事をする。どうもはるの浮気相手ではないような気がしてきた。

「それでなにか塚田様のお屋敷に用かい……」

辻番人は文吉を品定めするような目をした。

「いや、なんでもねえ。ちょいと知り合いが出入りしているからよ」

あまり探られるといやだから、文吉はそのまま後戻りして、塚田家を見張り、はるの帰りを待った。西のほうに日が移り、影が長くなっていった。武家地の路地を燕たちが飛び交い、苗売りが声をあげて通りすぎていった。

はるは一刻ほどして塚田家から姿をあらわしたが、そのまままっすぐ自宅に帰った。文吉はなんだか拍子抜け《ひょうしぬ》けしてしまった。赤松に報告しなければならないことがあるが、はると顔を合わせることになる。そう考えると気重になった。

（明日でもいいか……）

文吉は夕暮れはじめた空をあおぎ見ながら踵《きびす》を返した。やることがあった。だが、それは後まわしにして、はるの浮気相手の長屋を訪ねることにした。まずは近所で聞き込んで名前を調べる。それから男に会って、釘を刺して軽く脅してやるつもりだ。

（野郎、みてやがれ……）

文吉はちょっとした正義感を燃やして歩いた。

五

「こんなこといっちゃ悪いけど、頼まれてくれないかしら」

伝次郎が店の小上がりに腰をおろしてすぐ、千草が申し訳なさそうな顔でいった。

「なんだい？」

「油が切れちゃったんです。うっかり忘れていたんですけど、いまからわたしが行けば店を一度閉めなければならないし……」

伝次郎は窓の外を見た。宵闇はすっかり濃くなっている。

「足りないのか？」

「はい、今夜の分も危ういほどで、朝から気をつけていたんですけど、わたしとしたことが……」

「それは困るな。どこで仕入れている」

心得た伝次郎は千草の顔を見た。

「近所の店で間に合わせてもいいんですけど、やっぱりあの店でないと……」

千草のいう油屋は本所尾上町にある小さな店だった。徳助《とくすけ》という女房思いの年寄りがやっているらしい。

「そう遠くではない。腹ごなしに行ってこよう。行けばすぐわかるか?」

千草は大ざっぱに説明したが、伝次郎にはよくわかった。江戸市中の裏道まで通《つう》暁《ぎょう》している町方の経験が、こんなときに生きるのだ。

空の油壺を提げて千草の店を出た伝次郎は、大川沿いの道を辿ることにした。猿《さる》子橋《こばし》たもとにある火《ひ》の見櫓《みやぐら》が、すっかり暮れた空に、黒い影を象《かたど》っていた。

御籾蔵《おもみぐら》をまわりこむ恰好で、新大橋を過ぎ、安宅の通りを北へ進む。御船蔵《おふなぐら》を過ぎれば、竪川に最初に架かる一ツ目之橋だ。すぐ先に回向院《えこういん》がある。

油屋徳助は尾上町の脇にある小さな店だった。腰高障子の横に、消え入りそうな掛行灯が掛けてあった。声をかけて戸口に入ると、小太りの年寄りが出てきた。それが徳助だった。

「元町の千草の使いで油を買いに来た。そういえばわかるといわれたが……」

「へえ、へえ。いつもありがたいことです」

徳助は伝次郎の差しだした油壺を受け取ると、土間に置かれた油甕《がめ》から柄杓を使って丁寧に入れてくれた。その間、千草の様子はどうだ、店は繁盛していますかなどと訊ねてくる。伝次郎は相変わらず元気で、なかなかのにぎわいだと答えた。

「なによりです。律儀でいい女ですからね。店が繁盛しないわけがない。それにしても独り身でいるのがもったいない」

徳助はそういってから、ひょいと伝次郎を見た。

「もしや……」

「勘違いするな。おれはあの店の客で、使いを頼まれただけだ」

「そうですか。油が切れそうになっていたんですね。なにもわざわざうちまで買いに来ることもなかろうに……。へえ、これで……」

伝次郎が重くなった油壺を受け取ったとき、「ちょっとあんた」という声が奥からした。弱々しいかすれ声だった。

「女房の脚気《かつけ》がひどくなっておりましてね。お代のことはわかっていますから、どうぞお持ちください。あいよ、いま行くよ」

徳助はそういってから土間奥に歩いていった。

伝次郎は油壺を使い古した風呂敷に包んで表に出た。その背後で、

「ほら手をこっちにおやり。いま起こしてやるから」

という妻をいたわる徳助の声がしていた。それだけのことだったが、伝次郎は夫婦の温かみを感じることができた。千草がこの店を大事にするのもわかった。

表通りに出て、油壺を提げる手を変えた。壺だけでも重いが、それに一升の油が入っているのだ。毎日ではないにしても、千草には骨の折れる仕事ではないかと思う。

一ツ目之橋に向かってすぐ「あれ？」と、伝次郎は目を凝らした。三人の職人とすれ違った男が、大川の河岸場に設けられている石置き場のほうへ行くのが見えたからだ。ひとりではない。身なりのいい男をしたがえている。黙って見送っていると、男の顔が料理屋の軒行灯に浮かびあがった。

文吉だった。

肩で風を切るようにして歩き、与太者のように胸元を広げていた。すぐそばには困ったような顔をしている男がついている。着流しに羽織姿というなりから、店の番頭か手代かもしれない。文吉は何度か、その男を振り返って「こっちへ来るんだ」というふうに顎をしゃくった。

気になった伝次郎は踵を返して、あとを尾けた。文吉は男を石置き場前の人気《ひとけ》のないところに連れて行って立ち止まった。向かい合ってなにかを話している。伝次郎は気取《けど》られないように暗がりを利用して近づいた。

「だったら十両だ。それで堪忍《かんにん》してやる」

「もうあれとは切れますから、これきりにしてくださいよ」

「わかってるよ。ぐちゃぐちゃと、うるせえんだよ。早くよこすもんよこしな、それで話は終わりだ」

「それはいいんですが、あいにく手持ちは五両しかありませんで……」

男は弱り切った声でいう。

「なんだよ。山口屋《やまぐちや》の若旦那ともあろうものが、五両しか持ち歩いてねえとは情けねえ。しようがねえ残りは明日だ。明日おめえさんの店に行くからちゃんと用意しておきな。でなきゃ、あれこれしゃべっちまうからな」

文吉は何度も舌打ちを交えて、相手を脅した。

「それはどうかご勘弁を。では、これを……」

「残りの金を忘れるんじゃねえぜ」

文吉はそういいながら、山口屋の若旦那という男から金を受け取った。物陰でそのやり取りを見ていた伝次郎は、眉間にしわを彫っていた。

そのそばを山口屋の若旦那が逃げるように去っていった。つづいて文吉が鼻歌を唄うような顔でやってきた。その前に、伝次郎がぬっと出ると、

「ひゃあー」

文吉は突然のことに悲鳴をあげて数歩下がり、それから目を凝らして、

「なんだ伝次郎さんじゃないですか。ああ、びっくりした。どうしたんです、こんなとこで……」

と、胸を押さえ目をまるくしながらいう。

「どうもこうもねえ。どういう了見《りょうけん》があって、山口屋を脅している」

強くにらむと、文吉の顔がこわばった。暗がりではあるが、月あかりでその表情は見える。伝次郎は一歩詰め寄った。

「あの若旦那が浮気してたから懲《こ》らしめてたんです。嫁をもらったばかりだというのに、とんでもねえことじゃありませんか」

「それで金を巻きあげていいっていうのか……」

「そりゃ……。ですが、あの野郎は可愛い女房を裏切って……」

「黙れッ。金を強請《ゆす》り取っていることに変わりはない。文吉、おまえはいつもこんなことをやっているのか」

「まさか、そんなことがあるわけありませんよ。おれはあの野郎の悪い癖をなおすために……」

言葉が途切れた。

伝次郎が文吉を殴ったからだ。その勢いで、文吉は尻餅をついた。

「なにしやがんだ！」

「おまえのやっていることを考えろ。人の金を脅し取って、まともに生きていけるとは思えねえ。腐った根性をしてやがる」

伝次郎は提げていた油壺を足許に置くと、文吉の襟をつかんで、二度頬を張った。

「おまえのために赤松さんがどれだけのことをしてくださっているか、それを考えてみたことがあるか。おまえのお陰で、あの人は怪我をしたのだ。下手すれば殺されていたかもしれない。そのことを考えたことがあるか」

「…………」

文吉は勝ち気な目でにらんでくる。伝次郎はさらに頬を張ってやった。

「金ってえのはてめえで稼ぐもんだ。人に甘えてもらうもんじゃない。借金の尻ぬぐいも人にやってもらうもんじゃない。赤松さんに申しわけないという気持ちが、爪の垢ほどでもあるなら、つぎの仕事が決まるまで日傭取りでもなんでもやれるはずだ。それが暇にあかして、人の弱味をにぎっての強請《ゆすり》とは下衆《げす》の下衆だ」

伝次郎はもう一度頬を張ってやった。文吉はその頬を押さえてうずくまっていた。

「……さっきの金は返せ。それから赤松さんへの恩がどれだけのものか、よく頭を冷やして考えるんだ。理由がなんであれ強請は立派な罪だ。改心しなきゃ、おまえを町方に引きわたす。これは脅しではねえぞ文吉」

文吉がゆっくり面をあげた。さっきの強気の目ではなかった。

「おれのいっていることがわかるか？」

文吉は曖昧にうなずいた。

「……おまえはまだわかっちゃいない。わかっているなら態度で示すことだ」

伝次郎はそのまま文吉を残して歩き去った。

六

夜が明けた。

江戸から約九里一町の岩槻《いわつき》宿にある、とある旅籠《はたご》の一室だった。相馬弥之助はほとんど眠っていなかった。雨戸の隙間の向こうに朝の気配を示すあわい光がある。早起きの鳥たちが鳴きはじめたのは半刻ほど前だった。

おそらくいまは、七つ半（午前五時）ごろだろうと、弥之助は見当をつけていた。旅籠の台所のほうから物音が聞こえるし、廊下にもいくつかの足音がしていた。

弥之助は体力を温存するために、眠らなければならないと思うが、そうすることができず、そのまま朝を迎えたのだった。

大田原忠兵衛を見つけたのは、昨日の夕刻だった。宮本鉄之進から大田原が武蔵に行くというのは聞き知っていたが、果たして武蔵のどこへ行ったのかはわからなかった。しかたなく岩槻にやってきて、宿場を歩きまわっていた。

そのお陰で岩槻城下にある宿内のことが、おおよそ頭に入った。だからといって大田原を見つけることはできなかった。あきらめかけたとき、久保宿町《くぼしゅく》にある二葉屋《ふたばや》という白木綿問屋から出てきた大田原と出くわした。

突然のことに、弥之助は心の臓をどきりと波打たせて立ち止まったが、相手は覚えていないらしく、数瞬、にらみ据えただけで去っていった。そのあとを尾行すると、なんと自分が泊まっている旅籠の隣にいることがわかった。

(やつは隣の旅籠だ)

睡眠不足で赤くなった目を、天井に向けたまま弥之助は心の内でつぶやいた。もう眠れそうにないと思った弥之助は、夜具を払いのけて雨戸を開けた。さっと朝の光が部屋のなかに射し込んできた。

往還《おうかん》には朝靄が漂っていた。人の歩く姿があったが、それも数えるほどで近所の老人か、早発《はやだ》ちの旅人ぐらいだった。

向かい側の商家の向こうには林があり、鳥たちが鳴き騒いでいた。

窓から首を出して隣の旅籠をのぞき込むように見た。そこに大田原がいるのだ。

弥之助は夜具をたたんで、どっかりとあぐらをかいた。昨夜のうちに立ち合いを挑むべきだったが、心が臆してそうすることができなかった。

大田原がなにをしにこの地にやってきたのかわからなかったが、昨日、大田原が出てきた二葉屋という白木綿問屋は、岩槻一の問屋だというのがわかった。

「江戸の尾張町《おわりちょう》に、鶴屋《つるや》という大きな着物問屋があるそうでございます。二葉屋さんはその鶴屋さんと大きな商売をやっておられます」

教えてくれたのは弥之助が泊まっている旅籠の番頭だった。二葉屋は鶴屋だけでなく、江戸の太物《ふともの》問屋数軒と商売をしているとのことだった。岩槻は白木綿が有名だというのもそのとき知った。白木綿は岩槻近郷の村々で、農間稼《のうかんかせ》ぎとして織られているそうだ。

弥之助は壁にできたしみにじっと目を据えて、意を決した。大田原を追ってきて、ようやく見つけたのに、怖《お》じ気《け》づいている自分を嫌った。

（よし、勝負を挑もう）

決意を固くすると、着替えにかかり、千住《せんじゅ》で求めた木刀二本を手に広座敷に向かった。朝も夕も食事はそこでとることになっていた。客はまだ出立《しゅったつ》の支度をしているらしく、弥之助が一番乗りだった。

宿のものたちがあかるく朝の挨拶をしてきて、膳拵えをしてくれた。湯気の立つみそ汁に、納豆と鮒《ふな》の佃煮、それに冷や奴。

普段ならめずらしい田舎料理に舌鼓《したつづみ》を打てるのだろうが、ただ腹におさめるという食べ方をし、茶を飲むと早速旅籠を引き払った。

表に出ると明るい日射しがあった。すでに大手門に向かう道につらなる商家の暖簾があげられ、旅籠から出てくる旅人の姿があった。

弥之助は茶店の床几に腰をおろして、大田原を待った。そこから大田原の泊まっている和田屋《わだや》という旅籠を見張ることができた。

暖簾がめくられ、人が出てくるたびに、弥之助はドキンと心の臓を波打たせた。しかし、大田原はなかなか出てこない。いつの間にか人通りが増えていた。お城に向かう武士の姿も目立つようになった。味噌屋や煎餅屋から呼び込みの声もあがった。

待つこと半刻、ようやく大田原が旅籠を出てきた。口に爪楊枝《つまようじ》をくわえ、悠々としている。一度大きく両手をあげて背伸びをし、空をあおいだ。それからゆっくり城のほうへ向かった。背後が宿場入口になる加倉口《かくらぐち》で、城へ向かって順番に市宿《いちじゆく》町、久保宿町、渋江町という町になっている。

久保宿町に入ってすぐ、弥之助は歩みを速め、大田原に近づいた。その広い背中をしばし眺め、思い切って声をかけた。

「お待ちくだされ。そこもとは大田原忠兵衛殿ですね」

突然、自分の名を呼ばれて驚いたのか、大田原が目をまるくして振り返った。

「……おぬしは？」

「わたしは浅草今戸の有道館の門弟で相馬弥之助と申します」

大田原の目が一瞬細められ、そして大きくなった。くわえていた爪楊枝をペッと吐きだした。

「あの道場のものか……それで、なにかおれに用か？」

「先生と師範代を打ち負かしたのはお見事。感心つかまつりました」

「すると、あのとき見ておったのか」

「先生は貴殿との試合がもとでお亡くなりになりました」

「……らしいな」

ふふふと、大田原はさも面白そうに笑った。弥之助はこのことにムッと顔を赤らめた。

「人の死を笑い飛ばされるか」

「真剣ならともあれ、竹刀で命を落とすとは情けない。かりそめにも道場主だったのだ。笑わずにいられるか。それで、きさまは仇討ちに来たとでも冗談をいうんじゃあるまいな」

「いかにも勝負を願いたくてまいった」

「馬鹿な。仇討ちなどお門違いだ。あれは果たし合いではなかった。道場での試合だったのだ」

「試合であろうがなかろうが、不当な戦いであった」

「なにを不当などといいやがる。あの試合を見ていたならば、どういう仕儀《しぎ》であったかわかっているはずだ。それともきさまは、ここが弱いのか」

大田原は自分の頭を、指でツンツンとつつき、また嘲るように笑った。

「わたしは大真面目だ。勝ち負けはやってみなければわからぬ。それともわたしの挑戦を受けられぬと申すか」

「そこまでいうならやってやろう。だが、命を落とすことになるぞ。覚悟はできているんだろうな」

「勝負はこれだ」

弥之助はさっと二本の木刀を目の前に掲げた。

大田原はそれを見たとたん、ぶははと、大笑いをして、

「よし、ついてこい」

と、顎をしゃくった。路地にそれて、宿場の裏にそのまま向かう。

「腹ごなしにちょうどよい」

大田原はそういって、杉木立の前で立ち止まった。

弥之助は目を光らせ、手拭いで鉢巻きをし、襷をかけた。それから木刀を大田原にわたして、間合い四間で向かい合った。

木刀を受け取った大田原は、両脚を広げて、

「どこからでも好きなところからかかってこい」

と、誘った。

弥之助は青眼の構えを取ると、じりじりと間合いを詰めていった。大田原は右手一本で木刀を持ったまま動きもしない。隙だらけだ。

(よし、先手あるのみ)

弥之助はさらに間合いを詰めた。大田原は、へらへらした笑みを口辺に漂わせている。背後の杉木立から光の条が地面にのびていた。

「たあっ！」

弥之助は気合もろとも地を蹴って、前に飛んだ。木刀は上段にある。あとは振り下ろすだけだ。大田原の脳天は、もう目の前にあった。

七

弥之助の会心の一撃とともに、肉をたたく鈍い音がした。

どさり。

数瞬、いやもう少し長い間があった。弥之助はいったいどうなったのかわからなかった。腹部に鈍い痛みがあり、うまく呼吸ができない。土の匂いが鼻先でする。その先に落ち葉があり、木漏れ日が射していて、大田原の足が見えた。

木立の奥で鴉が嘲るような鳴き声をあげ、羽音を立てて飛び去った。

「ご苦労なことだ。おれに勝負を挑むなど百年早い」

大田原はそう吐き捨てると、木刀を放って立ち去った。

「ま、待て……」

弥之助は声を出そうとしたが、それは喉元でつまり、苦しさがせりあがってきた。

「う、うっ……」

弥之助は撃ちたたかれた腹を押さえてうめき、立ちあがろうとしたが膝を立てたところでうずくまった。木立を縫う道を抜ける大田原の姿が遠ざかってゆく。

弥之助は苦しさに耐えながら、その姿を黙って見送るしかなかった。勝てると思ったが、大きなまちがいだった。自分はただの一撃で打ちのめされた。大田原がどういう技を使ったのか皆目《かいもく》わからなかった。

弥之助は隙だらけの大田原の面を割るはずだった。先手必勝の一撃だった。だが、木刀を振り下ろす瞬間、目標にしていた大田原の頭が消えたのだ。刹那、自分の腹に激烈な痛みが走った。

勝負はそれまでだった。

「く、くそッ……」

弥之助は片膝を立てて中腰になり、自分の腹や胸のあたりをおそるおそるさわった。骨は折れていない。強烈な一撃を受けただけだ。もし、木刀でなく真剣だったらと、いまになって冷や汗が出た。

亜紀の忠告は正しかったと思った。同時に、自分はまともに大田原には勝てないといまさらながら思い知らされた。しかし、このまま江戸に引き返すわけにはいかない。

(こうなったからには……)

弥之助はようやく立ちあがると、木漏れ日の向こうにあるあかるい空を見あげて、悔しそうに唇を噛んだ。

ここは江戸ではない。さらに自分のことを知っているものもいない。卑怯かもしれないが、こうなったら大田原に闇討ちをかけてこの宿場を去ろう。なんとしてでも仇を討って帰る。

(やつは人殺しなのだ)

弥之助はようやく立ちあがった。衝撃を受けた腹部に鈍い痛みは残っているが、それは徐々に引いていくはずだ。鉢巻きを外し、襷をほどき、身だしなみを整えた。

それから大田原のあとを追うように木立を抜けた。

ほどなくして岩槻宿の目抜き通りに出たが、大田原の姿はどこにもなかった。まっすぐ行けば、岩槻城の大手門。その手前を左に折れれば渋江町を抜け、田中口《たなかぐち》の木戸から北へ向かう日光御成道《にっこうおなりみち》だ。

弥之助は通りをゆっくり歩いた。目は獲物を追うようにぎらついているが、心にはやはり怯みがあった。闇討ちをかけるとしても昼のさなかは人目があるから無理だ。それでも大田原を探さなければならない。

籠《かご》を背負った百姓や、馬を引く馬子《まご》、天秤棒を担いだ行商人、城下に住まう侍、振り分け荷物に三度笠《さんどがさ》を被った旅人などが行き交っている。通りにつらなる商家の前で奉公人たちが客引きをしている。

江戸ほどにぎやかではないが、岩槻大岡家《おおおかけ》二万三千石の城下である。諸国は飢饉に喘《あえ》いでいるが、この宿場にはそんな悲壮感がない。藩主は、奏者番《そうしゃばん》として江戸幕府で辣腕《らつわん》をふるっている大岡主膳正忠固《しゅぜんのかみただかた》である。その影響かもしれないが、近郷の村々のことはわからない。

城下をうろつくうちに、昼を過ぎた。

弥之助は大田原の泊まっている旅籠に目を光らせ、大田原が足を運んでいた二葉屋という白木綿問屋も見張った。これから先のことを考えると、あまり人に顔を覚えられたくないので、深編笠《ふかあみがさ》を求めて被っていた。

宿場外れの小さな飯屋で遅めの中食《ちゅうじき》をすませた弥之助は、再び宿内に足を向けた。と、雑踏のなかに大田原の姿を見つけた。

弥之助は深編笠を深く被りなおし、表情を引き締めて大田原の背中から目を離さず、気取られない距離を保って尾けた。

大田原が行ったのは白木綿問屋の二葉屋だった。弥之助は桶屋《おけや》の軒先に身を置いてしばらく様子を見た。二葉屋へ出入りする客は多くない。店の前をいろんな人間が通りすぎ、弥之助のそばに野良犬がやってき、ひもじそうな目で見あげて、また路地に消えていった。大田原は小半刻もせずに表に姿をあらわしたが、なにやら面白くなさそうないかめしい顔つきだった。

ひとりではなく身なりのよい男がいっしょだ。五十過ぎだと思われるその男は、頭髪が薄かった。櫛目《くしめ》の通った髷《まげ》に地肌がのぞいている。すぐそばを二人が通ったので、弥之助は顔を伏せて気づかれないようにした。

「二葉屋、妙なことを考えているんじゃないだろうな」

大田原のそんな声が聞こえた。

いっしょに歩いているのは二葉屋の主らしい。

二人を見送った弥之助は尾行を開始した。二人は宿内にある一里塚を折れて西へ向かった。宿場内の通りの端には水路に水が流れている。元荒川から引き込まれているのだ。透きとおった水は日の光にきらきら輝き、せせらぎの音を立てている。

だんだんに人家が少なくなり。藪《やぶ》や林に囲まれた切り通しのような道に入ると、その先に大龍寺という寺があった。門前を二人はやり過ごして、寺の北へまわりこんでいった。

(いったいどこへなにをしに行くのだ)

弥之助は尾行しながら疑問に思った。そのとき、二人が立ち止まった。背後は雑木林で畑が広がっている。

「二葉屋、こんなところに連れてきてなんの真似だ。おれは金をもらうだけだ」

大田原は二葉屋をにらみつけた。

「お約束はお約束ですが、店では具合が悪いのです」

「だったらさっさとわたせ」

「ところがそうはいきませんで」

「なんだと……」

大田原が眉間に険悪なしわを刻んだとき、背後の藪からざざっと音を立てて、五人の男たちが出てきた。すでに抜き身の刀を手にしていた。

弥之助は物陰に隠れて、成り行きを見守った。

「おぬし、おれを利用しておいて口を封じようという魂胆か。商人も隅におけねえな」

「なんとでもおっしゃいましな。あなたを放っておけば、いつまでも金をせびられるでしょうからね。そんなことはごめんです」

「おぬし、最初からそのつもりだったのだな。おれはおぬしのために、人を斬ったのだぞ。それも店のためだったはずだ。約束の百両をもらえば、それできっぱりおぬしとの縁は切るといってあるのに、こんな罠を仕掛けるとは……二葉屋、悪党というのはてめえのようなやつのことをいうんだ」

「ふふ、往生際の悪い人だ」

二葉屋がさっと首を振って下がると、待ち伏せていた男たちが、大田原を取り囲んだ。

成り行きを見守っている弥之助は、固唾《かたず》を呑んで拳をにぎりしめた。ここで大田原が斬られれば、手間が省けると思った。

いささか卑劣な考えではあるが、大田原の負けを願った。

「おれを甘く見たな二葉屋。こうなったらてめえら皆殺しだ」

大田原はさっと刀を引き抜くと同時に、履いていた雪駄を後ろに撥ね飛ばした。

「かかってきやがれッ」

大田原が誘いの声をあげたとき、左にいた男が撃ちかかっていった。

第五章　出羽屋

一

大田原の刀が逆袈裟に振りあげられたとき、血飛沫といっしょに男の片腕が宙を舞った。それだけではなかった。大田原は撃ち下ろす刀で、片腕を失った男の首を斬り落とした。ごろりと生首が転がり、乾いた地面を血で染めた。

大田原は休んでいなかった。背後から撃ちかかってきた男の気配を察すると、素早く身をひるがえして、突きを送り込んだ。

刀の切っ先は撃ちかかろうとしていた男の喉を突き刺し、さらに後頭部から出ていた。喉を刺された男は、大上段に刀を振りかぶったまま、瘧《おこり》にかかったように全身を打ちふるわせ、膝からくずおれそうになった。その刹那、大田原が自分の刀を引いたので、男は前のめりになって大地に突っ伏した。

大田原を殺そうとする男たちは、やさぐれた浪人の風体で、揃ったように目つきがよくない。血に飢えた狼のようであった。あっという間に仲間二人を殺されたというのに、なんの感慨も示さず、ただ目の前にいる大田原という獲物を仕留めようとしている。

二葉屋は大きな欅の下にさがって様子を見ているが、こちらはさすがに怖気《おぞけ》だった顔をしていた。

「どりゃあー！」

ひとりの男が正面から大田原に向かっていった。

大田原は半身をひねると、男の足の甲を突き刺し、素早く抜いた刀で太股を斬った。立っていることができなくなった男は、地面に転がってのたうちまわったが、大田原はその男の脇腹をたたき斬って、横合いから撃ちかかってきた男の刀をはじき返すと、唐竹割《からたけわ》りに斬り込んだ。

相手は眉間から口までざっくりと顔面を斬り割られ、獣じみた悲鳴をまき散らして倒れた。二葉屋の刺客はひとりになった。

しかし、この男も他の刺客同様に大田原を恐れようとせず、刀を青眼に構えたまますり足を使って間合いを詰めていった。対する大田原は、鬼の形相のまま、左脇構えになって迎え撃つ姿勢である。

「来やがれッ」

大田原の誘いかけに乗るように、男が撃ち込んでいった。

鋭い一撃だったが、刀を左にいなされて目標をなくした。転瞬、大田原の殺人剣が横面を殴るように斬りにいった。

しかし、刃風をうならせる刀は、かろうじてかわされた。残ったひとりは、これまでの相手より腕が立った。

大田原の右にまわり込むと、素早く胴を抜くように刀を水平に振ってきた。大田原は一歩さがってそれをかわしざまに、小手を叩き斬った。

「うぐっ」

男の左手首がなくなっていた。それでも男は気丈に右手一本の片手斬りで大田原に反撃を試みた。しかし、それは所詮慣れない片手斬りでしかない。軽くかわされると、大田原の剛剣が胸を斬り裂いた。

五人の刺客はすべて倒れた。大田原のまわりには息絶えた屍《しかばね》が横たわっているだけだった。これに要した時間は、長くない。物陰に隠れて様子を見ていた弥之助が、十を数えるか数えないかのうちに終わったのだ。

それゆえに、二葉屋も逃げる機会を失っていたし、大田原のあまりの強さに戦慄《せんりつ》して動くことができなかったようだ。

「ま、待ってくださいまし。わ、わたしがまちがっていました。ど、どうかお許しを……」

大田原ににらまれた二葉屋は、へなへなと腰砕けのようになって土下座をした。

「おぬし、人をあまく見やがったな」

大田原はずいと足を進めて、二葉屋の前に立った。

「や、約束の、か、か金は……こ、これに……」

二葉屋は生きた心地がしないのか、言葉の切れ切れにガチガチと歯をふるわせるように鳴らした。金子《きんす》の入った財布が大田原に差しだされた。その両腕もぶるぶるとふるえていた。しかし、大田原は蔑むように二葉屋を見下ろし、すぐに金には手をつけなかった。

「泣き言をいって、おれに助けてくれと救いを求めてきたのはどこのどいつだ？　これが恩人に対する礼か？　え、二葉屋。おぬしの店に目をつけていた賊を追い払って始末したのは誰だ？　いえ、いってみろ」

「は、はい。大田原様でございます」

「その男を罠にはめ、命を狙ったのは誰だ？　金はきちんと耳を揃えて払います。店では都合が悪いので、別のところでわたすといったときから、妙だと思ってはいたが、まさか五人の刺客を雇っていたとは、おぬしも見あげた玉だ。だが、おれを見くびっていたな。それに、ここに転がっている刺客はどれもこれも雑魚《ざこ》だ。金儲けは得意だろうが、人を見る目はなかったようだな」

「も、申しわけもありませんで……」

「ふん、いまさら遅いわい。だが、おぬしのことをどうしてくれよう。おぬしはさっき、おれに金をわたせばその旨味を知り、いつまでも金をせびられるのではないかといったな」

「あ、あれは言葉のあやで……決して……」

「黙りやがれッ！」

大田原は二葉屋の肩を蹴った。その勢いで、二葉屋は後手をついて蒼白な顔を大田原に向けた。

「う、うちの用心棒になってくださいませんか。な、なんでもおっしゃるとおりにします」

「……お為《ため》ごかしを、よくいうぜ。とうとう堪忍袋の緒がぷつんと切れちまった。二葉屋、てめえを斬っても刀が汚れるだけでもったいないが……」

「ひっ、ご、後生《ごしょう》ですから……お、お助け……」

声が途切れた。大田原の刀が二葉屋の右腕を肩から落としていた。

「ああっ……ああ……」

悲鳴ともうめきともとれぬ声が二葉屋の口から漏れた。そのとき、また大田原の刀が刃風をうならせた。直後、二葉屋の左腕が、こちらも肩口から落とされていた。両腕をなくした二葉屋は苦しみもがくように地を転がり、芋虫《いもむし》のように這いながら大田原から逃げようとした。だが、その背中にとどめのひと突きを見舞われ、そこで体を痙攣《けいれん》させて動かなくなった。

物陰に隠れて一部始終を見ていた弥之助は、大田原の強さと残忍さに恐怖していた。息を詰め、絶対に見つかってはならないと、体を固めていた。ほんとうは一目散に逃げだしたかった。だが、あまりの衝撃と恐怖で体を動かすことができなかった。

目を瞠《みは》ったままじっとしていると、大田原は二葉屋が差しだした財布を拾いあげ、中身をたしかめてから懐に差し入れた。それから血刀《ちがたな》を刺客のひとりの着物でぬぐってから鞘に納め、ひとつ大きく息をして、来た道を引き返した。

弥之助は大田原の姿がすっかり見えなくなってからも、そこを動くことができなかった。

二

小名木川に夕日の帯が走っていた。その日の仕事に区切りをつけて、芝翫河岸に戻って来た伝次郎に、

「いまかい」

という声がかけられた。

河岸道に川政の主・政五郎が立っていた。肉づきのよい頬に笑みを浮かべている。

「……もうあがりです」

「だったらたまにどうだ」

政五郎は酒を飲む仕草をした。

「よござんすよ。たまには政五郎さんと一杯やりてえと思っていたんです」

「だったら千草さんの店でどうだ」

「へえ、お付き合いしましょう」

伝次郎はすっかり板についた町人言葉で応じて、河岸道にあがった。

まだ日は沈みきらないが、すでに暮れ六つ（午後六時）近かった。町屋はほのかな夕日に包まれ、どこかほのぼのとしている。

町角や木戸口でおしゃべりに興じている長屋のおかみ連中の姿があった。天秤棒を担いだ干物屋が、路地から出てきてつぎの路地に姿を消した。

「おや、これはお揃いで……」

千草の店に入ると、すでに酒を飲んでいた近所の大工が声をかけてきた。

「いい色に染まってるじゃねえか」

政五郎が軽口を返すと、大工は、

「仕事が少ねえから早酒でもしねえとやってられねえんですよ」

と、笑って応じた。

伝次郎と政五郎は、土間席の飯台《はんだい》に向かい合う恰好で座った。すぐに千草がやってきて注文を取るが、政五郎が余裕の笑みを浮かべて、

「千草さんはいつ見てもいい女だね。ますます女っぷりをあげたんじゃねえか」

と、軽口をたたけば、

「あら、それは失礼ね。女っぷりをあげるのはいつものことですよ」

と、千草は軽くいなす。お互いに気兼ねのないことをいって笑いあう。

肴は千草にまかせ、早速、伝次郎と政五郎は銚子《ちようし》を差し向けあった。これといって話はない。言葉少なに、とつとつと世間話や商売の話をした。

それでも伝次郎は政五郎といっしょにいるだけで、妙な安堵感を覚える。師匠の嘉兵衛とはちがう人間味があるのだ。使っている船頭らに慕われ、頼られる人柄は接するほどによくわかる。それに骨のある男だった。

（この人はまちがいない男だ）

という印象を伝次郎が抱いたのは、会って間もなくのことだった。また、政五郎も伝次郎を高く買っているらしく、なにかと目にかけてくれる。近くにこういう頼れる男がいるのはなんとも心強かった。

「ところで政五郎さん、船頭を入れるつもりはありませんか？」

世間話が落ち着いたところで伝次郎は訊ねた。ふと、文吉のことを思いだしてのことだった。

「腕のいいのがいるのかい？」

「いえ、ずぶの素人です」

政五郎は黙って酒を飲んだ。五十過ぎの貫禄のある男で、酒を飲む所作も堂に入っている。政五郎は盃をゆっくりと口に運んだあとで、伝次郎に思慮《しりょ》深い目を向けた。

「なにかわけありか？」

この辺が普通の男とちがうところだ。その辺の船宿の主なら、「素人ならいらねえな」などという言葉が返ってきただろう。

「わけありというほどのものではありませんが、面倒見なきゃ危なっかしい野郎がいましてね」

伝次郎はそういって、文吉のことをざっと話してやった。政五郎に隠し事をするつもりはない。もっとも自分が元町方で、妻子を殺した津久間戒蔵を討ち取る機会を窺《うかが》っていることは伏せてあったが。

「二十三という年は行きすぎてる気がするが、おめえさんの頼みとあれば考えないこともない。もっともその文吉って野郎に、やる気があるかどうかが問題だ」

「ごもっともで……」

「その気があるようだったら一度連れてきな。顔を見て話をすりゃ使えるかどうかわかる」

「ご面倒かもしれませんが、そのときはお願いします」

伝次郎は頭を下げて、政五郎に酌をしてやった。

「それで、噂は聞いたかい？」

「なんです？」

伝次郎が問い返すと、政五郎は殺しがあったといった。

「やくざ同士の喧嘩だろうが、六人が斬り殺されていたらしい。八右衛門新田の百姓家で起きたようだ」

伝次郎は目を伏せるようにして酒を舐めた。

「ひとりは山城屋の用心棒だったという。まあ、殺されてもしかたのねえような野郎ばかりだから、本所方の下手人探しはおざなりらしい。聞いてなかったか……」

「初めて聞きました」

伝次郎はとぼけた。

「無理もねえ。死体が見つかったのは今日の昼間だ。明日にはもっと噂が広まるだろうが、やくざ同士の喧嘩のとばっちりは御免蒙《ごめんこうむ》りたい」

どうやらやくざ同士の喧嘩という話になっているようだ。伝次郎はそれを聞いて、胸をなで下ろした。もしや調べがあるかもしれない、そうなったら面倒だと危惧していたのだった。

「殴り込み騒ぎがあるかもしれねえから、客を乗せるときは気をつけな」

「へえ、心しておきましょう」

それから二人で二合の酒を飲んで別れた。

勘定はおれが誘ったんだから遠慮はいらないと、政五郎が気前よく払ってくれた。表はすっかり闇を濃くしていた。料理屋の軒行灯が、その闇のなかにぽつぽつと浮かんでいる。

伝次郎が自宅長屋に近づいたとき、ぶら提灯をさげた男が声をかけてきた。

「伝次郎さん、お待ちしておりました」

赤松由三郎だった。

「これは赤松さん、どうしたんです？」

「どうしたといわれれば困ってしまいますが、伝次郎さんにお借りした金です。まずは少し返しておかねばなるまいと思いまして……」

「それはわざわざ。しかし、無理はいけませんよ」

「ご心配めさるな。これでも少しの稼ぎはあるのです。あるときに返しておかないとどうなるかわかりませんからね」

赤松はそういって懐紙で包んだ金を差しだした。

こんなときに突き返すのは非礼であるから、伝次郎は素直に受け取った。それからそばの地面に座り込んでいる老人に目をやった。

「その人は……」

「そこでばったり見つけたんですが、足を挫《くじ》いて動けないでいたんです。家は近所らしいので、これから送り届けて帰ります」

「それはご親切なことを……しかし、肩のほうは大丈夫ですか？」

「伝次郎さんの手当てのお陰です。もうすっかりです。では、またお返しにまいります」

「ああ、そのじいさんでしたらわたしがおぶっていきましょう」

「いやいや結構、家はすぐそばらしいのでおかまいなく」

赤松は気安くいって、老爺《ろうや》のところに戻ると、

「さあ、じいさん肩をこっちへ……」

といって、ひょいと老爺をおぶった。体の小さな老人なので、そう負担はないようだ。赤松は数歩進んでから、思いだしたように伝次郎を振り返った。

「そうそう、苦労の甲斐がありました。まだはっきりと決まったわけではありませんが、お役がまわってきそうなのです」

「ほう、それは目出度《めでた》いことです。よかったではありませんか」

「まだ安心できませんが、吉と出た沙汰《さた》が来ることを待っているところです。では、これで……」

赤松は軽く一礼して老爺をおぶって歩き去った。伝次郎はその後ろ姿が見えなくなるまで見送っていたが、妙に心があたためられた。

(いい人だ……)

思わず胸の内でつぶやいた伝次郎は、幾千万の星のまたたく夜空をあおいだ。

三

六間堀町の最上新蔵の屋敷を出た布川亜紀は、夜道を急いでいた。実家に帰るのは明日でもよかったのだが、どうしても今夜のうちに母親に伝えたいことがあった。

今戸の家までは距離のある夜道ではあるが、まだ深更ではない。通りにある居酒屋からはにぎやかな声が聞かれるし、あかりも行く手の道にこぼれている。それに明るい星夜でもあった。

日増しに陽気がよくなっているので、いつしか汗をかいていた。亜紀は額や首筋の汗をぬぐいながら、吾妻橋をわたり花川戸に出た。

町屋のところどころにあかりがあるように、大川にも舟提灯のあかりが見られた。下る舟より上る舟が多い。そのほとんどが山谷堀に入り、吉原に繰りだす客を乗せた猪牙であった。

亜紀は歩きながら奉公先の最上新蔵の言葉を思いだしつつ、大田原忠兵衛を追っていった弥之助のことも考えていた。

果たし合いを申し込むとしても真剣ではなく、木刀を使ってほしい、生きて帰ってきてくれと懇願したが、どうなっているか気がかりでしかたがなかった。とにかく毎日のように弥之助の無事を祈らずにはいられなかった。

実家に急いで帰るのも、単に最上新蔵からありがたい話をもらったからだけではなかった。やはり心の奥底には弥之助のことがあり、もしや手紙が届いているかもしれないという期待があったからでもある。

今戸橋を駆けるようにわたった亜紀は、玄関に入るなり、

「お母様、ただいま帰りました」

と、元気な声を奥にかけた。

急な帰宅に驚いたのか、居間から姿をあらわしたゆうは、

「なにかあったのですか？」

と、硬い表情で声をかけてきた。

「そんなびっくりした顔をなさらないでください。娘が帰ってきたのですよ。明日の朝でもよかったのですけれど、お殿様によい話をいただいたので、居ても立ってもいられなくなったのです」

亜紀はさっさと座敷にあがると、羽織を脱いで居間に入った。ゆうが追いかけるようにしてついてくる。

「よい話ってなんでしょう？　奥様のご病気が治ったのですか？」

「いいえ、奥様は相変わらずです。それだけはどうにもしかたのないことで……」

このときばかりは亜紀も顔を曇らせた。

「それじゃどんなお話？　その前にお線香をあげておいでなさい」

亜紀は母親のいいつけどおりに、仏壇の前に座って線香をあげた。

（父上、道場をつづけられそうです。最上のお殿様が力を貸してくださいます）

手を合わせて心中でつぶやいた亜紀は、居間に戻ると、ゆうの淹れてくれた茶に

口をつけてから切りだした。

「うちの道場のことはすでにお殿様に話してあったのですが、今日の暮れ、お城からお帰りになったお殿様が道場をつづけろとおっしゃるのです」

「…………」

「突然、そんなことをいわれて首をかしげたのですけれど、お殿様のお屋敷に公儀《こうぎ》御指南役《ごしなん》をなさってる方がいらっしゃいます」

「それは筒井順之助《つついじゅんのすけ》様では……」

布川家と最上家は古い付き合いがあるので、ゆうも知っているのだ。

「はい、その筒井様がこの夏いっぱいでご指南役をおやめになることになったのです。ご自分で道場をお開きになる心づもりだったようですが、お殿様の話をお聞きになって、それじゃこの有道館を継いでもよいと、そんなご返事をされたそうです」

「ほんとうに……」

清左衛門が急逝《きゅうせい》して以来、暗くうち沈んでいることの多かったゆうだったが、このときばかりは希望に満ちたように目を輝かせた。

「父のあとを継ぐのは秋からになりますが、筒井様はもうすっかりその気でいられるということです。明日、改めてわたしが会うことになっていますから、しっかりお願いしたいと思いますが、お母様の気持ちも聞いておかねばならないと思って帰ってきたのです」

「それは喜んでお願いしたいことです。筒井様だったら文句なしです」

「あー、それを聞いてよかった」

亜紀は両手を胸にあて、ほっと安堵の吐息をついた。

「筒井様が継いでくだされば、また門弟も増えましょう。わたしも生き甲斐を見つけた気がいたします。亜紀、よくぞ知らせてくれました。最上のお殿様にくれぐれもお礼を申し上げておいてください」

「もちろんです。筒井様にも申しておきます」

「そうしておくれ。こうなったら、早く筒井様にいらしてもらいたいものだわ。あれ以来、門弟は道場に来ても軽く汗を流して帰るだけです。その数も日を追って少なくなっているし、このままだとみんな離れてしまうとあきらめかけていたのです。明日門弟が来たら、早速いまの話をしましょう。きっと喜ぶにちがいありません」

ゆうはよほど嬉しかったのか、いつになく饒舌《じょうぜつ》になっていた。

その夜、母と娘は新しく生まれ変わる道場のことをあれこれ話しあった。そのことになると悲しみもうすれ、先行きの不安も解消されるのだった。

しかし、話し疲れて床についた亜紀は、どうしても弥之助のことが気になっていた。いまごろどこでどうしているのだろうかと、心配せずにはいられない。

果たし合いに木刀を勧めたことも後悔していた。真剣でなくても、木刀は十分な凶器になるし、威力がある。どうして竹刀といわなかったのだろうかと、いまさらながらに自分の言動を悔やんだ。

――そういえば、このところ弥之助さんの顔を見ないけれど、あの人もうちに見切りをつけてしまったのかしら……。

寝る前にぼそりといった母親の言葉が思いだされた。ゆうには心配させてはいけないので、弥之助が大田原を追っていったことは伏せていた。

――あの人、情の深い人だから父の死が応えていらっしゃるんです。

亜紀は当たり障りのないことをいって誤魔化していた。

――気持ちはわからないでもないけど、いずれはあなたといっしょになる約束なのだから顔を出すようにいっておくれ。

亜紀と弥之助の縁組みは父・清左衛門が決めたのだが、いい出しっぺはゆうであった。

（弥之助さん、どこにいるの……）

亜紀は行灯のうすあかりに浮かぶ天井を見ながら、胸の前で重ね合わせた手に力を入れた。

四

翌日は薄曇りだった。そして、夕刻にめずらしく雨が降った。しかし、それも長くはつづかず、夜半に雨はあがった。

しっとり夜露に濡れた川岸の草花が、朝日に輝いていた。先ほどまで小名木川は靄に包まれていたが、いまは跡形もなく消えている。川には舟の数が増え、河岸道にも人の数が目立つようになっていた。

素足に脚絆《きゃはん》、紺股引、膝切りの紺絣《こんがすり》の着物を端折り、河岸半纏をまとった伝次郎は、被った菅笠の顎紐をきゅっと結ぶと、棹で岸壁を軽く押した。空の猪牙舟はみずすましのようにすうっと川面に滑る。

どこに行くというあてはなかった。今日は舟を流して客を拾うつもりだ。客待ちをする日もあるが、気分によって舟を流しながら客を探すときもある。

小名木川を東へ行き、そこから大横川に入り業平橋を抜けて大川、それから柳橋から神田川というのが、大まかな行程だった。それは師匠の嘉兵衛から受け継いだことだった。

猿江橋から大横川に入ってしばらく行った右側の河岸地で、川普請が行われていた。そちら側の岸は大名家と大身旗本の屋敷地となっている。おそらく大名家が川岸の整備を命じたのかもしれない。

実際、護岸用の石垣が脆《もろ》くなっているところがあり、一部崩れている箇所があった。一月《ひとつき》ほど前からそのままほったらかしにしてあり、伝次郎も気になっていることだった。ようやく近所の大名家が動きだしたのだろう。

現に普請場を監督しているのは侍であった。はたらいているのは町雇いの人足たちだ。荷車で石を運ぶものがいれば、川に入って石組みをしているものがいる。そばの岸には運び込まれた石が積まれていた。人足は十四、五人といった程度である。大工事ではないので、半日もかからない仕事だと思われた。

伝次郎はその普請場をやり過ごして舟を進めたが、ふと河岸道に気になる男の姿を見た。捩《ねじ》り鉢巻きに腹掛け、股引姿。剝き出しの肩に汗を光らせながら、重そうな畚《もっこ》を担いでいる。

文吉だった。舟を操っている伝次郎には気づかず、普請場に行って畚を下ろして、額の汗を腕でぬぐった。

伝次郎はにやりと片頰に笑みを浮かべた。どうやらその気になって、はたらきはじめたようだ。殴りつけて灸《きゆう》を据えたのが利いたのかもしれない。へそを曲げていじけているのではないかと、心配していただけに、伝次郎はほっと安心するものを覚えた。

気のいい赤松が面倒を見ているから、根っから悪い男ではないと思っていたが、

（そうか。そうでなきゃ……）

と、伝次郎は胸の内でひとりごちて舟を進めた。

赤松由三郎は日のあたる縁側に腰をおろし、茶を飲みながら読みかけの本に視線を走らせては、にたにたと笑っていた。

読んでいるのは式亭三馬《しきていさんば》の『浮世床《うきよどこ》』であった。貸本屋からときどき借りて本を読むのは、暇つぶしでもあったが赤松の趣味ともいえた。

内職の手が空いたときや、眠れぬ夜などに目を通すのである。とくに滑稽本《こっけいぼん》が好きで、『浮世床』には自分の知ることのない町人世界のことが、おもしろおかしく書かれているから興味深かった。

しかし、読書にも疲れて眉間を軽く揉んで、ぶらりとその辺を歩いてこようかと思った。世話役からの吉報を待っているのだが、なかなかその沙汰は来なかった。もし役目に返り咲くことができれば、汲々《きゅうきゅう》としたいまの暮らしからも抜けられるだろうし、世間体を気にすることもなくなる。

無役の小普請入りをして以来肩身の狭い思いをし、妻にも苦労のかけどおしである。もし役目につくことができれば、妻はいかほど喜んでくれるだろうかと、そのときのことを勝手に夢想する。

それゆえに、妻には今度の件は黙っていた。決まってから喜ばせようと思っている。期待を持たせて、やっぱりだめだったでは落胆が大きすぎるし、妻が可哀想である。

もちろん、どんな役目につくかはまだ不明である。以前は番方だったが、今度は内役《うちやく》（事務方）かもしれない。それはそれでいっこうにかまうことはなかった。下士《かし》であろうがお城に通うことが、武士にとっていかほどの誉《ほま》れであろうか、その身になってみなければわからないのである。

散歩に出るために、羽織を取りに寝間に入った。妻のはるは所用があるといって、今朝早く家を出たきりだ。どこになにをしに行ったかは知らない。また、このごろはそんなことを穿鑿すると、妻がいやな顔をするからうるさく聞かないようにしていた。

羽織を肩に引っかけたときだった。はるが普段着を掛けている衣桁《いこう》の下に一枚の紙が落ちていた。料紙に書かれた短い手紙である。

文面を読んで、赤松ははっと顔をこわばらせた。呼びだしの手紙である。それも男の字だと知れた。差出人の名は書かれていないが……。

さっと、顔をあげた赤松は今朝のことを思いだした。いや、今朝ではない。昨夕から妻のはるの変化に気づいていたからなおさらだった。昨夕から妙に機嫌がよかったり、いつにない笑みを見せたりした。普段つけない酒をつけ、

「明日はちょっと出かけてまいります。遅くはなりませんが、よろしくお願いします」

と、ばつが悪そうな顔を伏せた。

「気にすることはない。家にいてばかりでは気が塞ごう」

赤松は思いやる言葉を返していた。

しかし、心の内に、

（またか……）

という疑心があったことも否定できない。

はるは表情にこそ出さないが、そのじつひそかに心を躍らすことがある。そんなときには些細《ささい》な所作にも、声音にも本人が気づかない変化があらわれる。赤松はそのことを敏感に感じ取っていた。年に数度あることだ。

手紙は浮かれ気分で出かけていった妻が、うっかり落としてしまったのだ。これまではうまく誤魔化して隠したり処分していたのだろうが、

「ぬぬッ……そういうことであったか……」

声に漏らした赤松は、唇を噛んでくしゃくしゃにまるめた手紙を懐に差し入れると、羽織を着て、差料《さしりよう》をつかんだ。

妻がどこへ行ったかはわかっている。手紙には千住大橋南の出羽屋《でわや》と書かれていた。男ははるを千住の店に呼びだしたのだ。はたして出羽屋が料理屋なのか、旅籠なのか、あるいは出合茶屋《であいぢゃや》であるかわからないが、夫に隠れた他の男との密会を知って黙っていることはできない。

拝領屋敷を出た赤松は、まだ高い日を見あげ、表情を厳しくした。

五

弥之助の家を訪ねると、菊枝がにこやかに出てきて、

「あれ、弥之助にお会いになりませんでしたか？」

と、首をかしげた。

亜紀はそのことで弥之助が帰ってきたことを知り、目をみはった。

「お帰りになったのですね」

「昨夜帰ってまいりましたよ。さっきまで家にいたのですが、道場に顔を出さなければならないと申して出て行ったばかりです。まったく旅に出るといって、帰ってくればなにやら難しい顔をして……」

亜紀は弥之助の母・菊枝の言葉をみなまで聞かずに背を向けていた。道場に行くといったのなら、どこかですれ違ったのかもしれない。

亜紀は来た道を急ぎ足で戻りはじめた。胸が高鳴っていた。菊枝の弁を聞くかぎり、弥之助は無事なのだ。それに道場に行くといっているから、ひょっとすると大田原に勝ったのかもしれない。

もし、そうでなかったとしても、弥之助が無事だったということだけでもありがたかった。会ったら真っ先に道場をつづけられることを伝えなければならない。

息を切らし足をもつれさせそうになって自宅に近づいたとき、道場前に弥之助の姿があった。亜紀は一度立ち止まると、大きく息を吸って、それから小走りに弥之助に近づいた。

「ご無事でなによりでした。心配していたのですよ」

「申しわけない」

「元気そうな顔を見られて安心しました。……なにかあったのですか？」

浮かない顔をしている弥之助に、亜紀は怪訝《けげん》そうに目をしばたたいた。

「歩きながら話します。道場では不謹慎だ」

弥之助はそういって背を向けて歩きはじめた。亜紀はあとにしたがいながら、

「うちの母にお会いになりましたか？」

と、訊ねた。

「いや。これから訪ねようとしていたところです。道場に誰もいなかったので……。門弟はどうしました？」

「ここ数日は誰も見えません。ひとりで稽古をしてもつまらないからでしょう。師範代の木村さんもやめてしまわれました」

「師範代が……情けない」

吐き捨てるようにいった弥之助は、

「そういう自分も情けないのだが……」

と、悔しそうに唇を噛んだ。

「お伝えすることがあります。道場立てなおしのめどがついたのです」

さっと弥之助の顔が振り向けられた。

「それは……」

「わたしがお世話になっているお殿様の御家中に筒井順之助様という方がいらっしゃいます」

「幕府御指南役をやっておられる方ですね」

筒井の名は町道場にも知れており、弥之助が知っていても不思議はなかった。

「そうです。この夏で筒井様は御指南役を解かれることになったのですが、お殿様が口を利いてくださったところ、うちの道場を継いでよいと返事をくださったのです」

弥之助は驚いたように眉を動かした。

「まことに……」

「もう、筒井様はそのつもりです。わたしもお会いして、改めて話をさせていただいたのですが、お人柄もよく、とても頼れる人だとわかりました。それに父上の遺志を継いで、有道館という名もそのままでよいとおっしゃいます。なにしろ幕府御指南役をお務めになった方ですから、道場も盛りあがると思うのです」

「それはよいことだ。しかし……」

「どうしたのです？」

問うても弥之助はしばらく黙って歩き、

「どこから話してよいものか……」

と、つぶやきを漏らした。

二人は総泉寺の脇道を歩いているうちに、いつしか思川の畔に立っていた。

「まずは大田原のことから話そう……」

弥之助は足許の小石を蹴ってから言葉をついだ。

「やはりわたしのかなう相手ではなかった。勝負を挑みはしたが、あっさり打ち負かされた」

「………」

「それでもわたしの気は収まらず、先生の仇を討ちたいという思いが強かった。卑怯だと誹《そし》られようが、闇討ちをかけるつもりでいた。それでこっそり大田原を尾けた」

弥之助は岩槻宿で大田原を見つけ、勝負に負けたあとのことを詳しく話していった。その間、亜紀は黙って聞いていた。

目は思川の川面や川岸のちいさな草花に向けられていた。話を聞くうちに胸の動《どう》悸《き》がしたり、ほっと安心したりもした。また、大田原が手加減して弥之助を相手にしなかったことは、さいわいだったと思わずにはいられない。

「やつは人殺しだ。それもずいぶんひどいやり方だった。むろん、殺される相手にも非はあっただろうし、卑怯な手も使っていた。だからといってあそこまでやるとは……やつは人間の心を持たない鬼だ。わたしは一部始終を見ていて、体のふるえが止まらなくなった。あんな男を相手にした先生や師範代は、やはり無謀だったと思わずにはいられなかった」

「もう大田原のことは忘れましょう。相手にしなければよいのです」

さっと弥之助が体ごと向いた。

「それができないのだ」

亜紀は長い睫毛《まつげ》を動かして目をしばたたいた。

「岩槻から帰って来たのは昨夜だが、今朝、鉄之進にばったり会った」

亜紀は有道館を裏切り、大田原の弟子になった宮本鉄之進の顔を思い浮かべた。尻軽な男だと、胸の内で罵《ののし》った。

「鉄之進がいうには、大田原も江戸に帰っている。それで、大田原が泊まっている千住の旅籠に昨夜鉄之進は呼びだされたらしい。そこで鉄之進は大田原から相談を受けたといった。そのことで、そなたに会って話をしなければならないともいった」

「どういうこと……」

「大田原は有道館を自分の道場にしたい腹があるらしい」

「なんですって……」

驚かずにはいられなかった。

「そんなことは絶対に許しませんし、お断りです」

「当然です。だが、大田原は大真面目らしい。腕ずくでも道場を乗っ取る気でいるようだ。もちろん、それなりの支度金の用意はあるということでしたが……」

「弥之助さんは鉄之進さんになんと……」

「そんなべらぼうな話があるか、おまえの顔など二度と見たくないといって追い返しました」

「あたりまえです」

「だが、大田原のことだ。鉄之進を使いに出しても役に立たないとわかれば、大田原本人がやってくるだろう。そうなったらどうすればよいか……」

亜紀はあたりに視線をめぐらした。いつしか日が傾いていた。川端の道に出来た二人の影が長くなっていた。

風が土手に生えた草をなびかせ、藪のなかでよしきりの声がした。

亜紀は大田原忠兵衛にどう対処したらよいか、すぐに名案は浮かばなかった。相手がどう出てくるかもわからない。

しかし、ここで道場を継いでくれる筒井順之助に相談するのも躊躇われる。もし相談できたとしても、大田原と立ち合うことになったら、どうなるかわからない。

万が一、筒井順之助が負けるようなことになったら……。そんなことになってほしくないし、あってはならない。

そうだ、最上のお殿様に相談したらどうだろうかという考えが、ちらりと頭をかすめたが、すぐに否定した。世話になっている最上新蔵には、これ以上の無理はいえない。

「……なにか考えなければなりません」

結局、亜紀が口にしたのはそれだけだった。

「わたしも考えよう」

弥之助も和するようなことを口にした。

それから二人揃って、来た道を引き返した。亜紀がなにかいわなければならないと思いつつ言葉を見つけられないでいると、

「ご奉公はどうしたのです？」

と、弥之助が聞いてきた。

「父上が死んでから、お殿様に暇をもらっていましたが、それでも奥様の具合がよくないので、見舞いがてらに看病をさせてもらっています。とはいってもお屋敷には他の女中もいるので、わたしの手を借りるほどのことではないのですが……」

「さようなことでしたか……」

「それにしても、大田原という人は疫病神《やくびょうがみ》です。父の仇みたいな人を道場に入れるわけにはいきません」

亜紀はいつになく目を厳しくしていった。

「わたしも同じだ。……一度、木村さんに相談してみようか。あの人はやめて姿こそ見せないが、いまでも有道館の師範代に代わりはない」

亜紀は頼れるかどうかわからないが、そうしてくれと返事をした。

六

赤松由三郎はさんざん探しまわって、ようやく出羽屋という旅籠を見つけた。千住大橋の南、小塚原《こづかっぱら》町にあった。誓願寺の参道に入る脇道に沿った旅籠だった。往還から一本道をそれていたので、見過ごしていたのだ。

しかし、旅籠の玄関に入って迎えてくれた手代に聞くなり、

「おそらくその人たちだと思いますが、一刻ほど前に宿を払われましたが……」

という。

「なに一刻ほど前……」

「さようで。朝、女のお連れが見えましまして、昼過ぎまでお部屋には近づけませんで

「……」

手代は意味深に含み笑いをした。

その笑いが、どんな意味であるか赤松にはぴんと来た。同時に激しい怒りにつき動かされた。妻に裏切られたという思い。妻を誑《たぶら》かしている男への憎しみ。目の前にいたらばっさり斬り捨てるところだ。

「その連れの女は、名を申したか？」

いいえと、手代は首を振る。赤松は妻・はるの人相をざっと話した。

「そうですね、年恰好も、姿も、お顔立ちもそんな方でございました」

手代は自信ありげに答えた。

赤松は顔を紅潮させた。心の臓が早鐘のように鳴ってもいた。

「男はなんと申す？　その女を呼んだ男の客だ」

赤松の血相に、手代はよからぬことを察したらしく顔をこわばらせた。

「大田原忠兵衛と申されるお侍でございました」

「どこの侍だ？」

「それは、よく存じませんで」

「宿帳《やどちょう》があるだろう」

赤松は迫ったが、宿帳はめったに見せることはできない。なにか事件が起きたとき、町役人、あるいは町方に見せるぐらいだという。

「どうしても見せられぬか」

赤松が刀の柄に手をかけると、手代は尻餅をつきそうになって慌てた。

「ご勘弁を、わたしの一存ではお見せできないのです。それに、お客様がちゃんとした住所を書いておられるともかぎりません。大田原様は女の方をお呼びになったほどですから、なおさらのことでございます」

その一言がまたもや赤松の怒りに火をつけた。

（はるはわたしに隠れて、他の男と……）

淫《みだ》らな想念が頭に浮かび、ますます激怒しそうになった。だが、目の前の手代にそれをぶつけることもできず、

「そやつらはどっちへ行った？」

と聞いた。

「往還に出られると、右のほうへ行かれましたので、上野か浅草か……」

赤松は暖簾を撥ねあげて旅籠を出た。

そのまま地を蹴るように歩き、表の往還まで行って立ち止まった。目をぎらつかせ、遠くに目を向ける。

日が暮れようとしている。人を馬鹿にしたような声で鴉が鳴いていた。

大田原の後ろについて歩くはるは、体の奥にまだうずきが残っていた。それが甘美な余韻《よいん》として、体を火照らせていた。できることなら、一晩大田原のそばで添い寝をして甘えたいとさえ思った。

もっとも大田原はことに及ぶと荒々しいが、それでもはるの体は柔軟に反応し、すべてを受け入れることができるのだった。

現に太股の付け根あたりの皮膚が、いまだにひりひりしている。それもまた好きな男に可愛がられた証拠であるし、愉悦《ゆえつ》後の満足感に浸ってもいた。

「なにも歩かずとも、舟を仕立てれば早かったのではありませんか……」

思川に架かる泪橋《なみだばし》を過ぎ、山谷浅草町の町屋に入ってからはるは声をかけた。

「立ち寄るところがあるといっただろう」

「いったいどこへ寄るんです」

大田原が振り返った。うるさいといわんばかりの邪慳《じゃけん》な目だったが、はるはいっこうに平気だった。大田原はいつもこうなのだ。

「おまえに話がある。そこの茶店で一休みだ」

大田原はそういって、一軒の茶店の床几に腰をおろした。通りを行き交う人の姿は市中に比べて少ない。茶店に立てかけてある葦簀《よしず》が夕日にあぶられていた。

「なんの話でしょう？」

茶に口をつけてから大田原の横顔を見た。ひげを剃《そ》った顔は、いつになく男を引き立てていた。夫の由三郎に比べると、格段に頼もしい顔つきだ。それに体も頑丈で、ひ弱な夫とは比較にならない。

「もう終わりだ」

「は……」

唐突な言葉に、はるは目をまるくした。

「おまえとはこれ限りにしよう。おれにはやることがある。それにおまえは所詮、亭主持ちだ。いつまでも隠れてこそこそしているわけにはいかぬだろう」

それまで有頂天になっていたはるは、いきなり頭を棒で殴られたような衝撃を覚えた。捨てられる、またあの亭主とつまらない暮らしをしなければならない、という思いが胸の内で渦を巻き、この男と離れたくないという強い焦りが生まれた。

「なにをいいたいのです。わたしと別れるとおっしゃるのですか？」

胸の内とは裏腹に、語調も目もきつくなっていた。それなのに、大田原はすっかり醒めた目を向けてきて、すぐに顔をそむけた。

「おまえはおれには似合わぬ女だ。これまでどおりもとの暮らしに戻るのがなによりの道だ。おまえはおれに会うたびに、はらはらしていたにちがいない。本気になったところで、所詮いっしょにはなれぬ身。何事にも潮時というものがある」

大田原は何食わぬ顔で茶をすすった。はるはその横顔を憎々しげににらみつけ、

「わたしを慰みものにしただけなのですね」

と、低声だったが、強い口調でぶつけた。

「ふん、なんとでもいうがよい。おれには未練などない」

大田原はそういうなり、緋毛氈の敷かれた床几に茶代を置いて腰をあげた。

「どこへ行くんです」

「おまえにはもう関わりのないことだ」

そのまま大田原はさっさと歩き去った。はるは呆然とした顔で、遠ざかる大田原を見送っていたが、

（いやッ！）

と、胸の内で叫んで大田原を追いかけた。

七

赤松は暗い家のなかに端然と座りつづけていた。開け放たれた縁側から、ゆるやかな風が入っていた。表はすでに暗くなっている。

（遅くはならないといったくせに……）

赤松は苦々しげな顔を行灯に向けた。火が消えかかっている。手をのばし、芯をつまんであかるくした。それから家のなかをぐるりと見わたした。はるは帰ってこないかもしれないと思った。駆け落ちをしたのかもしれない。

考えるのは悪いことばかりだ。相手はどんな男だろうか？　いつからの付き合い

なのだろうか？　どうやって知り合ったのだろうか？　もしや、結婚前から通じ合っていたとしたら……。

自分を裏切っているはるを恨み、憎く思うが、相手の男にも激しい憤りを覚えた。夫ある女と知って通じているのだから許し難い所業《しょぎょう》である。

あの出羽屋で二人がいっしょのところに出くわしていたら、激情に駆られ有無をいわさず斬り捨てていたにちがいない。

しかし、騒いでいた心もいくらか落ち着きを取り戻し、はるが帰ってきたらどんな顔をしようか、なにをいってやろうかと考えもする。

浮気をされるというのは自分にも非があったからではないかと、そんな思いも浮かんだ。はるとの情交は結婚当初はそれなりにあったが、年を追うごとに肌を寄せ合うことも少なくなり、ここしばらくはまったくの御無沙汰であった。

求めようとしても、はるには拒絶の色が窺えた。夫婦だからといって、あまり強引に迫ることもできず、そのまま我慢をしているうちに、距離ができてしまった。

夫婦の営みがなくなったからはるは他の男に走ったのか……。もし、そうであればはるだけを責めることはできないのではないか……。帰ってきたらなにも知らぬ顔をして、しばらく様子を見るのも一手かもしれない。そのうち浮気の熱も冷め、自然に元の鞘に納まるかもしれない。

「うむ……」

腕を組んで宙の一点に目を凝らしたとき、表に足音があった。赤松はさっと体を動かして玄関を見た。

「旦那、旦那……」

遠慮がちな声がした。赤松はふっと吐息をついて、肩の力を抜いた。

「文吉か……」

「へえ、さいです。お邪魔いたします」

文吉はがらりと、戸を引き開けて入ってきた。ずいぶん暗いですね。あかりはどうしたんですと聞く。赤松はいま帰ってきたばかりだと、適当な返事をして居間の燭台に火をつけた。暗かった家のなかがいきおいあかるくなった。

「ご新造はお留守ですか……」

「出かけているのだ。それでいかがした？　とにかくあがれ」

文吉はきちんと膝を揃えて赤松の前に座った。なにやら嬉しそうな顔をしている。

「旦那、あっしは中間仕事にこだわるのはやめにしました」

「ほう……」

「考えてみれば渡り中間は先の見えない職です。そりゃいい殿様の屋敷で長く雇ってもらえればそれに越したことはありませんが、なかなかうまくはいきません」

「……ふむ」

「つぎの仕事が決まらないんで、今日はちょいと日傭取りをしたんですが、汗を流すのは悪くありません。これからは地道にはたらいて、あっしに似合う職を見つけようと思います。旦那にはいろいろとお世話になりまして、今日はそのお礼をどうしてもいいたくてやってきたんです」

「それはまた感心な……。それにしても急な心変わりようではないか」

文吉は思い悩んだ末だとか、これまでの生き方がどうだったとか、反省の弁を漏らし、じつは妹のおせいと、船頭の伝次郎に説教されたなどと話した。

赤松はそんな文吉に真面目な顔を向けていたが、話は半分しか聞いていなかった。帰りの遅いはるのことがどうしても頭から離れず、ときどき玄関に目を向けたりもした。

「……旦那どうなさったんで……」

心ここにあらずの顔をしている赤松のことが気になったのか、文吉がのぞき込むように見てきた。なにかあったんですかと問いを重ねる。

「はるの帰りが遅いのだ。そろそろだと思うのだが、夕餉の支度もしなければならぬというのに、まったくけしからぬ」

「それは気になりますね」

文吉はそういって玄関のほうを一度見てから、「もしや……」と小さくつぶやいた。赤松はその一言に敏感に反応した。顔を戻した文吉をにらむように見ると、

「もしやとは、なんだ？」

と、詰め寄るように膝を進めた。

「いえ、なんでもありません」

文吉は目をそらして、なにかを誤魔化すように鼻の脇を指先でかいた。赤松は眉《び》宇《う》をひそめた。

「文吉、きさまなにか知っておるのだな。なんだ、なにを知っておる」

我知らず文吉の襟をつかんでいた。

「わたしに隠し事は許さぬ。知っていることがあったら遠慮なく申せ。なんだ、なにがもしやなのだ。いえ、いうのだ」

「ちょちょっと、旦那……」

文吉は苦しそうに顔をゆがめたが、赤松は鬼の形相になって、

「はるのなにかを知っているのか？　そうなのだな。なんだ、なにを知っておる」

と、強く問い詰めた。

伝次郎は三ツ目之橋のたもとに舟をつけると、提灯のあかりを消して、河岸道にあがった。小脇に笊《ざる》を抱えており、それには近郷の百姓からもらった野菜が入っていた。売れ残りを持ち帰ってもどうしようもないので、持って行ってくれといわれたのだ。

船頭をやっていると、ときどきそんなことがある。いつもなら、千草に持っていってやるのだが、ふと赤松のことを思いだした。内職をしないと生計の苦しい男である。野菜なら赤松の妻も喜ぶだろうと思ったのだった。それに、体に汗を光らせてはたらいていた文吉を見たこともあり、それも伝えておきたかった。

笊には韮《にら》、生姜《しょうが》、三つ葉、蕪、いんげんなどが入っていた。夕餉時分だが、野菜を届けたらすぐ帰るつもりである。

伝次郎は星あかりを頼りに、町屋を抜けて武家地に入った。町屋にはあかりがあり、にぎやかな声も聞かれたが、急に淋しい通りになった。塀越しに武家の屋敷を見る。雨戸を開けている家もあれば、閉めている家もある。

障子越しの薄あかりが見えるが、家人の声は聞こえてこない。角を曲がってすぐのところが赤松の屋敷だった。木戸門を入って、玄関に行った。戸が半開きのままになっている。

「赤松さん、ごめんくださいまし」

伝次郎は町人言葉で声をかけたが返事がない。首をかしげながら奥に目を凝らすと、居間のほうに人の足が見えた。

「赤松さん……」

もう一度声をかけたが、やはり返事はない。それに人の足はぴくりとも動かない。

「お邪魔しますよ」

伝次郎は断って土間に入り、上がり框に野菜の入った笊を置いて奥に進んだ。と、居間に文吉が俯《うつぶ》せになって倒れていた。

「おい、文吉……」

肩に手をかけて体をひっくり返すと、文吉はうっすらと目を開け、びっくりしたように半身を起こした。

「伝次郎さん」

「どうしたんだ？　居眠りをしていたようでもないが……」

「大変です。赤松の旦那がご新造を斬るかもしれない。止めないと、とんでもないことになります」

文吉は目をみはって、おろおろした。

「どういうことだ。いきなりそんなことをいわれてもわからんだろう」

「旦那がご新造の浮気に気づかれたんです。あっしは黙っているつもりだったんですが、強く問い詰められて嘘がいえなくなったんです。それに旦那は、ご新造の浮気相手の名も知っていたし、誤魔化しが利かなくなっちまって……」

「浮気というのは、おまえが一度おれに話したことだな。それで赤松さんはどこへ行ったんだ」

「大田原忠兵衛という侍の家です。居所を教えると、旦那はあっしに当て身を食らわせて出ていったんです」

伝次郎には詳しいことはわからなかったが、

「その侍の家に案内しろ」

と、文吉を急《せ》き立てた。

第六章　仇敵

一

大田原忠兵衛という、赤松の妻・はるの浮気相手の住まいは、茅場町であった。伝次郎と文吉は大横川に架かる北辻橋をわたり、つづいて竪川に架かる新辻橋をわたった。その間に、伝次郎は文吉からおおよそのことを聞いていた。

文吉ははると大田原が浮気をしているのではないかと、一年ほど前から疑っていたが、現場を見たわけではないので黙っていたのだった。もちろん、親切な赤松に対する配慮もあってのことだった。

しかし、赤松ははるあての手紙を読んで、妻が浮気をしていると知り、大田原とはるの密会の場所である千住の旅籠に行った。そこで赤松は浮気相手の名を知ったが、二人を押さえることはできなかった。

そのまま家に帰り、はるを待っていたところへ文吉が訪ねてゆき、うっかり口を滑らしたことで、はると大田原の密通が露見《ろけん》したという次第だった。

「おまえはその大田原という侍に会ったことはあるのか？」

伝次郎は歩きながら文吉を見る。

「会ったことはありませんが、遠目に見かけたことはあります。体の大きな浪人です」

「浪人……」

「そんな感じです。立派な御武家には見えませんでした」

これから行く大田原の家も長屋である。仕官の口を探しているか、仕事にあぶれている浪人かもしれない。赤松は不義密通を許さず、二人を成敗《せいばい》するつもりだろうが、はたしてそれができるかどうか疑問である。左腕の傷は大分癒えているようだが、十分に刀を使えるとは思えなかった。下手をすれば返り討ちにあうかもしれない。

伝次郎は無腰である。武器になるものはないかと考えたが、そんなものを探すよりは、まずは赤松を止めるのが先である。

「そこです」

文吉が長屋の木戸口をさした。伝次郎は路地に入ってどこだと訊ねた。文吉が四軒目の家だという。どこにでもある棟割《むねわり》長屋である。

大田原忠兵衛の家の腰高障子にはなにも書かれていなかった。職人ならその職と住人の名前が書いてあるのが常だが、障子は白いままだった。

伝次郎は戸口に立って、ごめんと声をかけた。返事はない。息をひそめて、耳をすました。人のいる気配がある。

「大田原さん、お邪魔しますぜ」

伝次郎はがらりと戸を開けたとたんに、目をしかめた。

赤松が血まみれの短刀をにぎったまま、うなだれていたからだ。その目の前には妻のはるが倒れていた。目は虚空を見ており、口はぽっかり開いていた。

「赤松さん……」

伝次郎の声に、赤松がゆっくり振り返った。放心の体だ。

「女仇討《めがたきう》ちだ。密通相手は帰っておらぬ」

「その相手は帰ってくるのですか？」

「わからぬ」

赤松は首を振って答えた。

「相手は大田原忠兵衛という浪人だ。はるはその大田原をこの家で待っていた。わたしが乗り込むとびっくりしたが、開きなおった」

「開きなおった……」

「そうだ。大田原といっしょになりたいのだとぬかした。わたしにはとうに愛想を尽かしていたのだと、そんなこともいった」

赤松は悔しそうに固めた拳を自分の膝に打ちつけて、はるを殺した経緯を語った。

——お人好しでうだつのあがらない御家人との暮らしが、どれほどつまらなく、息苦しいものか、あなたにはなにもわかっていない。人にいい顔をして、いい気になっているあなたはなんです。少しは妻の身になって考えたことがありますか。あなたは役立たずのろくでなしの貧乏侍ではありませんか。そんな男にいつまでもおとなしくついていくのに疲れたんです。

はるは乗り込んできた赤松に、剣呑な目を向けたまま罵った。

――つらかろうが苦しかろうが、浮気は許せぬ。

――許せないなら別れてください。三行半《みくだりはん》でもなんでも突きつければよいんです。喜んでお受けします。

――きさま、なんということを……。

――もう、あなたの顔を見るのもいやなんです。声を聞くのもいや。そばにいられるだけで嫌気《いやけ》がさしていたんです。

――そ、そこまで……。そんなに大田原のことがよいか。

赤松はぶるぶると体をふるわせた。

――あたりまえです。なんです、わたしを殺しに来たんですか。殺せるものなら殺したらどうです。そんな度胸もないくせに、うすのろ。

――うすのろだと……よくもそんなことを……。

赤松が怒りを爆発させようとした瞬間、はるが隠し持っていた短刀を突き出してきた。赤松はとっさに避けて奪い返すなり、その短刀ではるの胸を刺した。

「妻は死ぬ間際に、大田原にも愛想を尽かされてと……。そんなことをつぶやきました」

話し終えた赤松は手にしていた短刀をぽろっと、畳に落とした。

伝次郎はそんな赤松と、息絶えているはるを交互に見てから口を開いた。

「いずれにしろ、このままではすまされません。とりあえず自身番に届けを出しましょう。そのうえで目付の調べを受けることです」

「しかし、仇を……」

「大田原が帰ってこなかったらどうします？　朝まで待つのですか？　お気持ちはお察ししますが、ご新造を放っておくわけにもいかないでしょう」

赤松は長い間黙り込んだあとで、

「そうだな……」

と、折れた。

伝次郎は赤松といっしょに近くの自身番に行き、届けを出した。自身番詰めの町役連中は突然のことに驚きを隠しきれなかったが、伝次郎の的確な指図で最低限必要なことを処置していった。

まずは町方の調べを受け、その後目付に届けが出、赤松はそのうえで再度の調べを受けることになる。単なる妻殺しなら放っておけることではないが、不義密通はよくよく吟味《ぎんみ》されるはずだ。

大田原の長屋に調べをかければ、二人の関係はすぐにあきらかになるはずだし、文吉の証言もある。また、赤松がその日に行った千住の出羽屋という旅籠への聞き込みもされるはずだ。

不義密通が証されれば、赤松は処罰をまぬがれるし、大田原は死罪になる。伝次郎は赤松を自宅屋敷に届けると、その夜文吉に供をさせることにし、自分は大田原の長屋を見張った。しかし、九つ（午前零時）の鐘が鳴っても大田原は帰ってこなかった。

二

伝次郎は翌朝、赤松の家を訪ねた。本人は早速自身番に呼ばれ、本所方の調べを受けていて留守だったが、代わりに文吉が葬儀の支度を手伝っていた。近所に住まう小普請組のものも加わっており、それぞれに勝手なことを話していたが、いずれも赤松に同情する言葉が多かった。

それでも密通をしていたはるに対しても、

「死人に罪はないからな。やることはやらねばなるまい」

と、手伝いの侍たちがいっていた。

「旦那はどうなるんです？」

手伝いの合間を縫って文吉がやってきた。伝次郎は表に出してある床几に腰をおろした。文吉も隣に座る。

「あれこれ調べは入るだろうが、咎めを受けることはないだろう」

「ほんとですか」

文吉はほっと安堵の表情になった。

「密通が証されればそうなる」

「証されなかったら……」

文吉は目に不安の色を浮かべた。

「その心配はないだろう。調べればわかることだ。それに、おまえにも調べはあるはずだ。そのときは嘘偽りなく知っていることをありのましゃべればいい」

「そりゃもちろん。だけど、大田原って浪人はどうなるんです？」

「目付や町方は行方を探すだろうが、それもおざなりな調べで終わるかもしれない。相手は赤松さんの仇だ。町方や目付が熱心に動くとは思えない」

「どうしてそうだといえるんです？」

「まあ、そんなもんだろう」

伝次郎は苦笑いを浮かべて誤魔化した。

大田原は赤松の女仇（姦夫《かんぷ》）である。目付も町方の同心も、赤松に同情するのはもちろん、仇を討たせて武士の面目を保たせようとするにちがいない。

町方や目付が大田原を捕縛すれば、裁きにかけて死罪で片づけられる。そうなると赤松は仇を討てない。よって、町方も目付も必要以上に大田原を追ったりしないはずだ。伝次郎が町方だったとしても、おそらくそういう判断を下す。

それよりも伝次郎は他のことが心配になった。赤松は役付きの沙汰を待っていた。世話役から色よい返事があるようなことを口にしていたから、それを期待しているはずだ。しかし、妻の浮気事件の影響で、その話が反古《ほご》になるかもしれない。そうなると、赤松は自分を裏切った妻を失ったばかりか、せっかくの役付きの話も無にすることになる。不運の一言では片づけられないはずだ。そうなったときの赤松の心中を考えると、他人事ながら心配せずにはいられない。

「伝次郎さん、どうしたんです？」

文吉の声で伝次郎は我に返った。

「おれなりに大田原の行方を探ってみよう。赤松さんが戻って来たら、そう伝えてくれ」

「へえ」

文吉が返事をしたとき、自身番の番人がやってきて、

「文吉って男はいませんか？」

と、声をかけてきた。禿《は》げた年寄りの番人だった。

「おれです」

「町方の旦那がお呼びだ。番屋に来てくれ」

文吉は番人といっしょに、自身番に歩いていった。

伝次郎はそれを見送ってから大田原の長屋に行ったが、戸は閉まったままで、大

田原が帰ってきた様子はなかった。長屋の連中も騒ぎを知っていて、まだ帰っていないという。

伝次郎はとりあえず舟に戻ることにした。昨夜、大田原の人相は大まかに聞いていた。年は二十六らしいが、三十過ぎに見えるという。似面絵があればもっとはっきりわかるが、長年町奉行所同心をやってきた伝次郎には、見当をつける自信があった。

ただ、相手は両刀をさしている。いざとなったとき無腰では互角に戦えない。舟に愛刀を忍ばせるかどうか迷ったが、とりあえず様子を見ることにして、仕事に戻った。

赤松のことが頭にあるので、仕事への意欲はわかなかったが、これ以上のお節介も慎まなければならない。

伝次郎はいつものように舟を出して客を拾っていったが、それも短い距離で、数も少なかった。その間に、河岸道に目を光らせて大田原らしき浪人を探したが、見つけることはできなかった。

昼近くになって芝翫河岸に戻ったとき、ひとりの女客がやってきた。それは神明社の境内で会った、亜紀と名乗った女だった。河岸道にある縁台に腰掛けていたから、どうやら伝次郎の帰りを待っていたようだ。

「どちらまで？」

「橋場《はしば》の渡しまでお願いします」

亜紀はそういって舟に乗り込むと、膝に風呂敷包みを置いて座った。伝次郎は岸を棹で押して川中に舟を戻した。そのまま大川に向かって、棹をさばく。

三

亜紀は伝次郎に背を向けたまま、まっすぐ前を見ていた。明るい日射しにさらされた襟足の白さが際立ち、やわらかそうな後れ毛が風に揺れていた。

「親父さんが今戸に道場をお持ちなのでしたね」

大川に乗り出したところで、伝次郎は声をかけた。亜紀がゆっくり振り返った。

「ええ」

「お名前はたしか亜紀さんでしたか……最上新蔵様の屋敷で奉公中だとか……」

「よく覚えておいでで……」

感心顔を向ける亜紀は、話しやすいように体をはすにして、座りなおした。

「船頭さんは伝次郎さんでしたね」

「さようです」

「今朝は稽古をお休みになりましたね」

「ほう、今朝もあのお宮に……」

亜紀は睫毛を伏せてうなずいた。それからなにかをいおうと躊躇いを見せたまま、黙り込んだ。その横顔に川面の照り返しがあたっていた。

伝次郎は棹から櫓に持ち替えて、流れに逆らうように舟を操った。ぎい、ぎいと櫓が軋み、舳が波をかきわける。

上り舟は川の端を進むのが掟だ。伝次郎は大川を横切るように進めると、右岸に沿って猪牙を遡上《そじよう》させた。ときどき、亜紀を窺い見たが、なにやら思い詰めたような表情で一方に視線を注いでいた。

「あの……」

亜紀がふいに顔を向けてきた。

伝次郎は櫓を漕ぎながら亜紀を見た。

「お仕事は忙しいのでしょうか?」

「はあ、まあ……」

「いつものことではなく、今日のことです」

「今日……」

「もし、よければ聞いていただきたいお話があるんです。お手間は取らせませんので……」

「どんな話でしょう」

「それは……舟を降りてからにしたいと思います。水音があっては話の邪魔になりますから。いかがでしょうか?」

亜紀はまっすぐな目を向けてきた。

「どんなことか知りませんが、聞くだけなら……」

「では、少しお付き合いいただけますね」

伝次郎は承知した。亜紀はそのまま背を向けて、川の上流を見つめているようだった。

筏舟《いかだぶね》がつづけざまにやってきた。下る筏舟は川中の流れに乗って勢いよく遠ざかっていった。そのあとから荷を満載した高瀬舟《たかせぶね》が下ってきた。帆を下ろして、舟の速度をうまく調整している。下る舟は速いが、上りの舟はどれもが鈍い。

吾妻橋をくぐると、右に向島の墨堤、左に花川戸の町屋がつづく。亜紀は口をつぐんだままだ。普段だったら、無口な客のことなど気にしない伝次郎だが、どうにも気になった。今戸橋をやり過ごしたところで、

「最上新蔵様の屋敷に奉公されていると聞いたが、今日は暇をもらってのことだろうか？」

と、問いかけた。

「もう奉公は終わりです。ご病気の奥様のことは気になりますが、家に帰ってやることがありますので……。それに父を亡くして母ひとりにしておくわけにもまいりませんから」

「……実家は道場でしたな」

「はい」

そう応じたまま、亜紀はそれ以上の話を拒むように、顔を前に向けた。

しばらくして川船番所が見えてきた。二人の番士が詰めているが、その姿は見えない。川船番所の先が橋場の渡しだった。人によっては隅田《すだ》の渡《わた》しといったり、白鬚《しらひげ》の渡しといったりする。この渡船場は基本的に百姓渡しで、二艘《そう》の舟と二人の舟守《ふなもり》が預かっていた。

伝次郎が舟を舫っている間、先に河岸道にあがった亜紀が黙って待っていた。

「どちらへ……」

伝次郎は素足を雪駄に通して、亜紀のそばに行って聞いた。

「道場にお願いできますか。すぐそばですから」

伝次郎は黙ってついていくことにした。亜紀の話は気になっていたが、道場にも興味があった。

亜紀がすぐそばだといったように、二町も歩かないうちに道場についた。玄関脇に「有道館」という掛け看板があった。土間に入るとすぐに式台があり、その先に窓からの日射しを照り返している板の間があった。

思いの外立派である。広さも十分だ。おそらく十五坪はゆうにあると思われた。その道場にひとりの若者が端座していた。伝次郎と亜紀を見ると、静かに礼をした。

「おあがりください」

亜紀にいざなわれるまま伝次郎は道場にあがり、先の若者のそばに腰をおろした。

「相馬弥之助さんです。この道場の門弟で、いずれわたしといっしょになる方です」

亜紀は衒《てら》いもなくいう。

「相馬でございます。伝次郎さんのことは伺っておりましたが、たしかに武芸者にふさわしい体つきであります。それとも船頭仕事で、鍛えられたのでしょうか？」

伝次郎は弥之助を見た。

どうやら亜紀は最初からここに連れてくるつもりだったらしい。

「船頭は力仕事ですから……。それより、話とは？」

伝次郎は弥之助から亜紀に視線を移した。

「先日、伝次郎さんにお会いしたとき、父がなぜ死んでしまったのか、そのわけは話しましたが覚えておいででしょうか？」

「たしか道場破りにあったとか……」

「その道場破りの男が、この道場を欲しがっています。まだ、その申し込みはありませんが、いずれ乗り込んでくるはずです。しかし、わたしは当然承知いたしません。父を倒し、死に至らしめた男ですから……。それに、この道場は幕府剣術御指南役を務めておられる、筒井順之助様が引き継ぐことになっています」

「………」

「筒井様が当道場に見えるのは、この秋からですが、その前に問題を片づけておかなければなりません。問題とはいうまでもなく道場破りのことです。申し出は断りますが、おそらく黙っては引き下がらないと思います。もし、おとなしく引き下がったとしても、いらぬ噂を立てられるかもしれません。父が手塩にかけて作りあげてきた道場に、これ以上の泥を塗られてはたまりません」

「まさか、その道場破りの相手をしてくれというのではないでしょうな」

伝次郎は首を振りながら苦笑した。そんな話はお断りである。

「そのとおりです」

亜紀はきっぱりといって、きらきらとすんだ瞳を輝かせた。

「その男に、師範代も敗れています。門弟たちもかなう相手ではありません」

「道場を継がれる筒井様にお頼みしたらいいのではないか……」

「もちろん、そのことも考えましたが、あいにく筒井様はお城詰めです。道場破りが来たからといって呼び出すわけにはまいりません」

「ふむ……」

「その男は人殺しです」

いったのは弥之助だった。

「人殺し……」

「はい。わたしは先生の仇を討とうと、男を追って果たし合いをしましたが、ただの一刀で打ち負かされました。それはわたしに力がないからしかたのないことですが、それでも悔しくて、先生の死の無念を晴らそうと、卑怯なことですが闇討ちを考えました。しかし、それも無謀なことでした」

弥之助はそういって岩槻宿で目撃したことを詳しく話した。黙って耳を傾けていた伝次郎は、その道場破りがあっという間に、五人の刺客を斬り殺したと聞いたとき、眉宇をひそめた。さらに、その男は二葉屋という白木綿問屋の主を、残忍な斬り方をして殺したという。

「もっとも、約束を破った二葉屋にも非はあったようですが、あの男は尋常ではありません。人間の感情や人道などとは無縁の人でなしです。そんな男に道場を取られるわけにはまいりません」

ここまで説明されれば、伝次郎にも二人にどんな意図があるかは、あえて聞くまでもない。だからといって、相談に乗るわけにはいかない。

「その道場破りだが、岩槻宿のことはともかく、この道場で起きたことを責めることはできまい。むろん、父親を失った亜紀さんの無念も、その父親を先生といって慕い敬っていた相馬さんの気持ちもわかる。だが、その男の申し出を受けての対戦であったのであるから、責めることはできないだろう。逆恨みと取られてもしかたないことではないだろうか」

弥之助の顔が紅潮した。

亜紀は悔しそうに唇を引き結んでいた。

「それはよくわかっています。しかし、その男に道場を明け渡すわけにはまいりません」

「断ればすむことだろう」

「断っておとなしく引き下がる男ではないのです。伝次郎さん……」

亜紀は両手をついて頭を下げた。弥之助もそれにならって頭を下げる。

「人助けだと思い、力をお貸しいただけませんか。わたしの目に狂いがなければ、伝次郎さんはあの男に勝てます」

「買い被りだ」

「果たし合いではありません。試合だと思ってくだされば結構です。その謝礼もきちんといたします」

「断る」

伝次郎は立ちあがろうとしたが、すぐに亜紀が呼び止めた。

「お待ちください。他に手立てがあれば、こんな無理な相談はいたしません。伝次郎さんをひとかどの剣術家だと見込んでの頼みです」

「わたしが負ければ元も子もないではないか。所詮同じことだ」

「いいえ、ちがいます」

伝次郎は浮かしかけた尻を落として、亜紀をにらむように見た。

「勝負は時の運ともいいます。あの男との試合には条件をつけます」

「なんと……」

「勝ち負けは抜きで、同等に戦うことができれば引き下がってもらうと……」

「するとわたしが、その男と同等に戦えると見込んでいるわけだ。てんで相手にならず、負けたらどうする。同じことだ。それに、まさか真剣でやろうというのではないだろうな」

「木刀もしくは竹刀です」

「ふむ……」

伝次郎は亜紀の熱意に負けそうな自分に気づいていた。

「それで、その男はなんというやつだ？」

「流派はわかりませんが、諸国をわたり歩き武者修行してきた大田原忠兵衛という男です。修行はともかく、あんなやつに道場をやっていけるとは到底思えません。伝次郎さんも、お会いになればすぐにわかるはずです」

伝次郎は弥之助の言葉をすべて聞いていなかった。大田原忠兵衛という名が出たとたんに、眉間に深いしわを刻んだほどだ。

「大田原忠兵衛というのか？」

「さようで……」

伝次郎はうつむいて考えた。

大田原忠兵衛は赤松由三郎の女仇である。まさか、こんなところでその名が出るとは思わなかったが、これには驚かずにはいられなかった。しかし、話を聞くかぎり、赤松が仇を討てる相手ではない。

二人の相談を断り、大田原を捕らえ、獄に入れ裁きを受けさせることもできる。これには町方の力を借りることになるが、難しいことではない。そうしたほうが無難であるかもしれない。しかし、それで赤松が納得するだろうか……。

「お願いできませんか」

弥之助が頭を下げて必死の目を向けてきた。亜紀も再度頭を下げて、お願いしますと懇願する。

「わかった。受けよう」

四

亜紀の依頼を引き受けた伝次郎は、その日、何事もなかったように仕事をこなしたが、頭のなかはまだ会ったこともない大田原忠兵衛のことで占められていた。

武者修行をしてきた男だというし、有道館の道場主だった亜紀の父・清左衛門と師範代を倒した男でもある。さらに岩槻宿では刺客五人をあっという間に斬り倒している。

並の使い手ではないと、それだけで想像できるが、実際立ち合うまではその力を知ることはできない。おそらく、より実戦的な剣法を使うのだろうと思われる。

実戦であれば、伝次郎もかなりの場数を踏んでいる。だからといって安心はできない。せめて大田原を遠目でもよいから見ておきたいと思い、その日の暮れ方に大田原の長屋に行ってみたが、帰宅した様子はないという。近くに町方の見張りがいるのではないかと思ったが、その様子はなかった。

密通を犯した男が逃亡しても、町方は積極的に追おうとしない。この場合、妻が生き残っていれば、その処分は夫の心得次第ということになっている。

不義密通を犯したものをその場で殺害しても咎めはないが、逃げられたとしても町方や目付はあまりかまわなかった。

おそらく目付も町方も、赤松にまかせようという考えなのだろう。

それにしてもなぜ、大田原は自宅に帰ってこないのかという疑問はある。隠れているのか、それとも赤松の妻・はるが死んだことも知らずに、市中に潜伏しているのか……。

大田原探しをあきらめた伝次郎は、赤松の家を訪ねた。

「こんなことは遠慮します」

赤松は伝次郎の香典を、手をあげて固辞した。

「まっとうな死であればまだしも、妻は不徳《ふとく》のうえの死でありました。香典は一切お断りいたしております。それに伝次郎さんには、借りもあるのです。お気持ちだけはいただきますが、どうかおしまいください」

伝次郎はしかたなく香典を懐に戻した。

赤松は葬儀を通常通りには執《と》り行わず、数人の近親者ですませるらしい。通夜もやらないといった。

「事情が事情ですから……」

そういう赤松ではあるが、顔には疲れがにじんでいた。裏切った妻をその手で殺したという悔いがあるのかもしれないし、少なからず同じ屋根の下で暮らした妻とのよき思い出だけを胸に抱いているのかもしれない。

伝次郎は大田原のことをいうつもりはなかったが、

「仇はどうされます？」

と、聞いてみた。

「この手で討ちたいと思いますが、それも葬式が終わったあとのことです」

「……探すつもりですか？」

「黙ってはいられないでしょう」

それはそうであろう。伝次郎は黙り込むしかない。短い悔やみを述べただけで、赤松の家を出た。

その日、伝次郎は早めに自宅に戻った。思いもよらぬ相談を引き受けたせいで、仕事に熱が入らないこともあったし、大田原と対戦するにあたり、精神を集中させておく必要があった。使うことにはならないだろうが、愛刀・井上真改を取りだし、鞘を払って刀身を眺めた。手入れは怠っていないので刀身に曇りはない。中子《なかご》も目釘《くぎ》もしっかりしているし、鍔にも緩みはなかった。

刀身を鞘に納め、行李《こうり》のなかにしまい、大きく息を吸って吐いた。

戸口の隙間から西日が条となって伸びていた。このとき、大田原との立ち合いに、赤松を同席させようかという思いが浮かんだ。

自分は赤松と大田原が因縁の関係であることを知っている。それなのに黙って立ち合うのは、非礼にあたるであろう。武士であるなら、その旨を知らせるのが筋であるし礼儀である。

(そうすべきだ)

胸中で独りごちたとき、戸口に人の気配があった。

「お頼み申します。相馬弥之助でございます」

連絡に困るといけないので、自宅は教えてあったので不思議はないが、伝次郎はこんな早くに何事だろうかと目を瞠り、声を返した。

「開いている。入るがいい」

弥之助は狭い三和土《たたき》に入ってきて、めずらしそうに家のなかを眺めた。

「まさか、もう段取りがついたというのではないだろうな」

「いえ、それがつきましたのでございます」

弥之助は断りをいってから上がり框に腰をおろした。

「わたしの兄弟弟子に宮本鉄之進というものがいます。こやつは大田原が先生を破ったのを機に、寝返ったどうしようもない男ですが、そやつに取り次ぎを頼んだところ、早速にも明日でかまわないという返事をもらいました」

「明日……」

「はい。もし沢村さんの都合が悪いようでしたら、日延べしてもかまいませんが……」

弥之助は伝次郎の姓を口にした。これも昼間教えたことであるが、わけありなのでその場かぎりにしておいてくれと頼んでいた。

「明日のいつだ？　刻限も決めてあるのか？」

伝次郎は町人言葉から侍言葉に変えていた。

「明日夕七つ（午後四時）、道場に大田原がやってきます」

伝次郎はしばらく遠くを見る目になった。赤松ははるの野辺送りは明日の朝簡単にすませるといっていた。

「よかろう。明日夕七つ、まちがいなく道場に行く。ただし、ひとりではない。立会人を連れてまいる」

「その方は？」

「赤松由三郎という御仁《ごじん》だ。このことは大田原には伏せておけ。かまえて他言無用だ」

「……承知いたしました。では、明日お待ちしております。試合は木刀になるか竹刀になるか、それは大田原次第ですが、沢村さんに意向があれば、そのように話を進めることにいたしますが……」

「いや、かまわぬ」

「では、明日。よろしくお願いいたします」

五

伝次郎はいつものように神明社の境内で、ひとり稽古に励んだ。型稽古ではあるが、ひとつひとつの動きをたしかめるように、最初はゆっくり、そして少しずつ体のさばきを速める。しかし、引っかかるものがあれば中断し、その前の動きに戻り、手の返し、脇や腕の締め具合、足の運び、腰の切り方などを入念にたしかめる。

使っているのはいつもの木刀ではなく、真剣であった。

朝靄の向こうに昇りはじめた日があり、鳥たちが木立の奥で楽しげにさえずっている。股引に素足、なにもまとっていない上半身には汗が浮かんでいる。両の腕にも肩にも、そして胸や背にも隆《りゅう》々とした筋肉が盛りあがっている。

はらりと舞い落ちてきた木の葉を、青眼から振りあげた刀で断ち斬る。

「むん……」

踏み込んだ右足に体重を乗せ、左足の踵をあげている。太刀は正面下方にあり、切っ先は右爪先から一間ほど先に向けられていた。

腰をひねり、同時に腕を振りあげて、すばやく手許に引きよせ、背後から撃ちかかってくる仮想の敵に、腰を低めたまま突きを送り込む。シュッと、空気を切る音がする。

伝次郎はそこで、ゆっくり息を吐きながら後ろに残していた足を引き寄せ、直立になって、全身の力を抜いた。

しばらく瞑想《めいそう》するように目をつむり、乱れた呼吸を整えた。

再び目を開けたとき、朝日がさっと木立を抜けて、幾条もの光の束を作った。

その日、仕事を休みにした伝次郎は、静かな時を過ごした。今日の対戦者はおそらくこれまで会っただれよりも練達者だと思われる。それは弥之助から話を聞いたときから感じている。もはや流派を超えた剣術を身につけているはずだ。おそらく冷酷非道の殺人剣であろう。そう心得ておいたほうがいい。

茶を喫し、黙然と座禅を組み、鳥の声や風の音に耳をすます。日を遮る雲の加減で、狭い長屋の部屋が明るくなったり、暗くなったりする。

楽しげで無邪気な子供の笑い声、長屋のおかみの叱る声、路地を練り歩く棒手振《ぼてふり》の売り声……。のどかな長屋の雰囲気をあらためて思い知った。

昼餉をすましてから着替えにかかった。鮫小紋《さめこもん》の小袖を着流し、献上の帯に両刀を差した。素足を雪駄に通して、ひとつ息を吐いて長屋を出る。

「あら」

同じ長屋のおかみが、不思議そうな顔をして立ち止まった。

「男前を上げてどうしたんです?」

「たまの気晴らしだ」

伝次郎はにこやかに応じ返して、船着場に行った。雪駄を脱ぎ、大小を足許に置いて棹を操る。猪牙はきらめく水面を滑るように進んでいった。

川政の連中に会えば冷やかされるか、無用の穿鑿をされると危惧していたが、さいわい誰にも会うことはなかった。

日は徐々に傾きはじめている。

赤松の家を訪ねると、すでに野辺送りは終わったらしく、玄関の戸は開け放されていた。

声をかけると、赤松が楽な着流し姿であらわれた。

「終わりましたか……」

「はい、滞りなくすみました。どうぞ、おあがりください」

伝次郎は座敷にあがって赤松と向かい合った。

「いかがなさいました」

赤松の疑問は無理もない。伝次郎は普段とまったくちがう身なりであるし、ひげもきれいに剃っている。髪にも櫛目を通していた。

「赤松さんに見届け人をお願いしたい」

「見届け人……さて、それは……」

「その前に町方や目付の調べはいかがされました？」

「それは終わりました。目付はさっきもやってきて、口上を取ってゆきました。女仇討ちはわたしの勝手次第ということになっています」

「それはなによりでした。では、申します。これより大田原忠兵衛と一戦交えることになりました」

「なに、大田原と……」

赤松は眉を大きく動かして目をみはった。

伝次郎はそうなった経緯を丁寧に話した。

「すると、有道館という道場を守るために……」

話を聞き終えた赤松は、目をしばたたいた。

「それだけならばわたしは断りました。相手が大田原忠兵衛と知り、受けた次第です。赤松さんの代わりに、わたしに仇を取らせてください。むろん、わたしが勝つとはかぎらない。もし負けるようなことがあったら、あとは赤松さんの心にまかせます」

赤松はゴクッと音をさせて生つばを呑んだ。

「負けることがあっても、一矢《いっし》は報います。少なからず打撃を与えておきます」

「ちょっとお待ちを。伝次郎さんが斬られたらことです」

「その心配は無用。真剣で戦うのではありません。使うのは木刀か竹刀です」

赤松はほっと肩の力を抜いて、

「なるほど、そういうことでしたか」

といって、言葉をついだ。

「それにしてもわざわざお知らせいただきありがとう存じます。このとおり礼を申します。しかしながら、その試合わたしにまかせてくださいませんか」

「これはわたしが受けたことです。有道館も納得はしないでしょう。それに赤松さんはまだ傷を負った腕に不安があるはず。無理はなりません。ここはわたしにおまかせください。赤松さんも大田原がどんな男であるか知っておいて損はないはず」

伝次郎は視線に意を含めて、じっと赤松を見つめた。

短い間があった。

「わかりました。伝次郎さんには頭があがりません。そこまでわたしのことを思いやってくださるとは……」

赤松の目が潤みそうになっていた。

それから半刻後、伝次郎は赤松を乗せた猪牙を橋場の渡しにつけて、有道館の玄関を入った。すでに亜紀と弥之助が控えて、到着を待っていた。

「今日はよろしくお願いいたします」

亜紀が挨拶をして、怪訝《けげん》そうに赤松を見た。

「この方は赤松由三郎様だ。今日の試合の見届け人になっていただく」

紹介を受けた赤松が、亜紀と弥之助に挨拶をした。

伝次郎は心静かに道場の隅に控えた。武者窓から射し込む日が、斜めに伸びていた。誰もが無言で、大田原の到着を待った。

夕七つの鐘が町屋の空を流れていって間もなく、玄関に大田原忠兵衛と宮本鉄之進があらわれた。大田原を見た瞬間、伝次郎はこの男だったかと、先日山谷堀から向島まで、赤松の妻・はると舟に乗ってきた浪人だと気づいた。

「裏切りものめ……」

小さく吐き捨てた弥之助の目は、鉄之進に注がれていた。

「約束どおりにまいったが、おれの相手は……」

大田原はずかずかと道場にあがり込んできて、伝次郎と赤松をひとにらみした。それから亜紀を見、弥之助を認めてにやりと笑った。

「きさま、久しぶりだな。命拾いしてホッとしているだろう。それで、そのほうがこの道場の娘か」

大田原は仁王立ちのまま亜紀に語りかけた。

「亜紀でございます。その節は父が大変お世話になりました」

亜紀は皮肉を込めて頭を下げたが、その目には憎しみの色がありありと浮かんでいた。

「世話に……ハハハハ、まあよい。さあ、無駄話はこれくらいにしてはじめようではないか。して、相手は？」

「わたしだ」

伝次郎が立ちあがると、大田原の鋭い眼光が飛んできた。

六

「勝負は一本。大田原殿、木刀、竹刀いずれを望まれる」

弥之助がひびく声を発した。

「真剣でもよいが、神聖な道場を血で汚してはなるまい。木刀でどうだ？」

「よかろう」

伝次郎は応じてから、襷をかけ、裾を端折った。大田原も供についてきた鉄之進に大小をわたして襷をかけ、袴の股立ちを取った。

「沢村伝次郎、神妙に相手をいたす」

伝次郎が名乗ったとき、赤松がはっと驚いた。このときはじめて苗字《みようじ》を知ったのだ。亜紀と弥之助にはすでに教えてあったので、表情に変化はなかった。

「大田原忠兵衛だ。覚悟はよいな」

大田原は余裕の顔で木刀を片手でしごき、さっと構えた。

両者三間の間合いである。

伝次郎はゆっくり青眼に構え、すり足を使って両者の木刀が触れ合うまで距離を詰めた。

「大田原、きさまは姦夫《かんぷ》であるな」

「なに……」

意外な言葉を吐かれた大田原の双眸が見開かれた。

「そこにおられるのは赤松由三郎さんだ。聞き覚えがあろう」

「なんだと……」

大田原の目が泳ぎ、赤松を見て、伝次郎に戻された。

「はる殿がどうなったか、きさまは知っているか？」

「そんなこと知るか。もはやおれには関わりのないこと」

「……果てられた。きさまのせいだ」

伝次郎は双眸を厳しくした。

大田原の眦《まなじり》が吊りあがっている。だが、動揺した素振りはない。

「まいる」

静かにいった伝次郎は、その刹那、迅雷《じんらい》の突きを送り込んだ。カンと乾いた音が鳴り、大田原がかわす。それを見込んでいた伝次郎は少しも慌てず、右にまわりこみながら胴を抜きにゆく。

床をする足音、風を切る木剣、衣擦《きぬず》れの音。

大田原は伝次郎が繰りだした一撃を左にすり落として、面を狙って撃ち込んできた。伝次郎はすかさず撥ねあげて、懐に飛び込んでゆくが、大田原はすんでのところで後ろにさがってかわした。

「おもしろい。少しはできるようだな。ふふ……」

大田原は不敵な笑みを口辺に湛えて、間合いを詰めてきた。八相の構えだ。

伝次郎は中段から下段に変え、足を交叉させながら左にまわる。それを追いかけるように大田原の体が動く。

伝次郎は大田原の細かな動きを警戒しながら、相手の目を凝視している。木刀をにぎる指からわずかに力を抜き、軽く膝を折る。大田原は息を殺して、爪先で床を嚙《か》むようにして間合いを詰めてくる。

乱れた髪が武者窓から入り込んでくる風に揺れる。両者の額にはすでに汗がにじんでおり、夕日がその顔を染めていた。

とんと、軽やかに大田原が床を蹴った。伝次郎はびくっと木刀を引いたが、その瞬間、大田原の木刀が思いがけないところへ撃ち込まれてきた。脛《すね》打ちである。意表をつかれた伝次郎はかろうじてかわしたが、つづけざまに胴を狙われた。はじいて下がると、すぐさま詰められ、喉をめがけて突きが飛んできた。

間一髪でかわして、前に飛ぼうとしたとき、今度は足の甲を狙った突きが送り込まれてきた。これは逃げの一手でかわすしかなかった。

伝次郎は大きく間合いをあけて、呼吸を整えた。大田原の剣が実戦剣法であるのがよくわかった。戦いにおいては、相手をきれいに斬る必要はない。足を斬れば、相手の動きを止められる。手の指、あるいは腕を斬れば、相手は刀を使いづらくなる。

大田原はそんな剣法を身につけているのだ。油断すれば足か手の指をつぶされるかもしれない。そうなったら勝負はあっさりつく。

伝次郎はじりじりと間合いを詰めていったが、無闇に攻撃を仕掛けられなくなった。大田原は面や胴や小手を狙うだけではない。狙いは伝次郎の体のどこでもよいのだ。

（そうであったか……）

胸の内でつぶやいた伝次郎は、攻防一体の青眼の構えを取った。大田原は右下段に構えて間合いを詰めてくる。

（逆袈裟か、それとも腹を狙っての突きか。あるいは……）

踏み込んで胴を抜くかもしれないと警戒した瞬間、大田原の体が大きくふくれあがった。眼前に黒い塊となって大田原の体が迫った。逆袈裟に振りあげた木刀を撃ち下ろしてきたのだ。

伝次郎は下から受け、互いに鍔迫《つばぜ》り合う恰好になった。両者は腕に渾身《こんしん》の力を込めて押し合った。そのまま蟹《かに》のように横に動く。

奥歯を嚙みしめた大田原の双眸が、鬼のように赤くなっている。伝次郎も歯を食いしばって押されまいとする。引けば、その瞬間にできる隙をつかれる。それは大田原も同じだから、木刀をあわせたまま動くしかないのだ。

玄関のそばまで移動して、体《たい》を入れ替えた。傍目《はため》には踊っているように見えるかもしれないが、両者必死であるし、見守っている赤松も亜紀も弥之助も、そして鉄之進も息を止めた顔で、膝に置いた手をにぎりしめている。

二人は道場の中央に戻った。肩が激しく動いている。勝負に集中しているから疲労が激しいのだ。しかし、伝次郎は疲れを感じることがない。

「むッ……」

伝次郎がうめくような声を漏らした。膝で股間を蹴られたのだ。これも大田原の剣技のひとつだ。伝次郎は思わず背後に下がり、体を二つに折りそうになった。しかし、必死に堪えて、撃ち込まれてくる木刀の太刀筋を見切った。

刹那、体の脇をぶうんとうなる木刀がかすった。転瞬、伝次郎は横に逃れざまに、大田原の太股をしたたかに撃った。バシッと肉をたたく鋭い音がして、大田原の体がよろめいた。その隙を逃さず、肩に一撃を見舞う。

「うぐっ」

うめいた大田原が木刀を横にして振り返った。瞬間、伝次郎は足を踏み込んで、大田原の喉に突きを見舞った。大田原の体がうしろに飛ぶように倒れ、羽目板に背中を打ちつけた。伝次郎はそれで攻撃を終わらせなかった。素早く間合いを詰めると、胸に一撃を与え、さらに左の鎖骨を打ち砕いた。

大田原は羽目板に背を預けた恰好で、口から泡を噴き、ずるずると横に倒れた。道場に静寂が訪れた。誰もが口を半開きにし、目をみはっていた。

「……これまでだ」

伝次郎はそうつぶやくと、道場中央に戻り、正面の祭壇に一礼をして、自分の席に戻った。激しく肩を動かして呼吸を整え、汗をぬぐい試合を見守っていたものたちに、

「終わった」

といった。

大田原は体をぴくぴく痙攣させていた。鎖骨と胸骨を折っている。さらに喉に受けた突きの衝撃は、脳に達しているはずだった。おそらくまともな体には戻らないだろう。

「これでよろしいか」

伝次郎は呼吸を整えてから、亜紀と弥之助を見た。二人は同時に両手をつき、

「ありがとうございます」

と、深々と頭を下げた。

七

乾いた地面を湿らす夕立があった。

雲間に落ちかけの夕日が見えており、真夏にはまだ少し早い木々の青葉があわい朱に染められていた。

小名木川にも夕日の帯が走っていた。

伝次郎は普段の暮らしに戻っており、そろそろその日の仕事をあがるところであった。川政の船頭たちも、いつになく早仕舞いをするらしく、

「伝次郎さん、一杯やりにいかねえか」

などと誘いの声をかけてくる。

伝次郎は片頰に笑みを浮かべて、

「たまにはいいな」

と応じる。

舟をつなぎ、雪駄を河岸道にぽんと放るように置いたとき、

「伝次郎さん」

という声がかけられた。河岸道に赤松と文吉の姿があった。

「これは二人揃って……」

伝次郎は身軽に雁木を蹴るようにしてあがり、二人のそばに行った。首筋の汗を手拭いでぬぐい、

「大田原は思川に浮かんでいたそうです」

といった。

「聞きました。あれから三日目のことだといいます。自分で川にはまったらしいです」

赤松もそのことを聞いていたようだ。

大田原は伝次郎の打撃で、脳に障害を来したらしく、口も満足に利けなくなったという。その挙げ句、足を踏み外して川に落ちたということだった。

「今日は伝次郎さんに、いや沢村さんに……」

伝次郎はしっと、口の前に指を立てて、赤松を遮った。

「伝次郎で結構です」

「では、伝次郎さん、お伝えすることがあります」

そういう赤松の目が輝いていた。

「なにかありましたか？」

「沙汰がありました。具足奉行《ぐそくぶぎょう》に仕えることに相成りました」

「では、具足同心に……」

赤松はそうですと、自慢そうにうなずいた。それでも無役よりはましである。もっとも三十俵三人扶持であるから恵まれた役職ではない。

「近々屋敷を移り、ご城内の紅葉山《もみじやま》詰めです」

「そうでしたか。それはなによりでした」

「それで、あっしも旦那の中間をやることになりました」

文吉も嬉しそうに顔をほころばしている。

「そうか、それじゃしっかり赤松さんにお仕えしなきゃな」

「へえ、旦那のことでしたらあっしはどんなことでもやりますよ。ご新造もいないんで、これからはあっしが女房役です」

文吉はそういってからからと笑った。伝次郎も赤松も文吉の軽口に失笑した。

「それより、伝次郎さんにはすっかり世話になりっぱなしです。借りがありますが、あれはきちんとお返しいたしますので、しばしのご猶予《ゆうよ》を……」

「いえいえ、急ぐことはありません。ゆとりのあるときで結構です」

伝次郎は律儀な赤松の言葉を遮り、鼻の前で手を振った。そのとき、

「船頭さん、舟よいかしら……」

と、ひとりの女が声をかけてきた。伝次郎は仕事をあがろうと思っていたが、

「へえ、ようござんすよ。どちらまで？」

と、気さくに応じた。

女は柳橋までといった。年は四十を超えていそうだが、どこかの商家の内儀ふうで品があった。

「では、もう一仕事やりますんで……」

伝次郎は赤松に軽く頭を下げると舟に戻った。女が落ちないように、舟の縁を押さえていざなう。菅笠を被り、顎紐をきゅっと締めて棹を持ち、河岸道を見あげた。

赤松と文吉が丁寧に辞儀をしたのを受けて、伝次郎は川底に棹を立てた。猪牙舟は夕日に染まった小名木川をゆっくり、大川に向かっていった。

大川端の土手道をあてもなく歩いてきた津久間戒蔵は、ふと立ち止まって深編笠の庇を持ちあげ、対岸の町屋を眺めた。深川の町が暮れゆく夕日に包まれている。久しく行っていない町だ。

気紛れに足を運んでみるかと津久間は考えて、そのまま足を進めた。その日、沢村伝次郎のことをやっと調べることができた。八丁堀の組屋敷にはまったく別人が住んでおり、沢村の行方はわからなかった。

疑われないように注意をしながら、町のものに聞き込みをしているうちに沢村が町奉行所をやめたというのがわかった。しかし、どこでなにをしているのかわからない。

(まさかおれを追っているのでは……)

最初に思ったことであった。津久間はそれならそれでよいと思った。

(望むところだ)

と、心中でつぶやいた。

しかし、沢村の行方はわからずじまいである。町方をやめてなにをしているのだろうかという疑問はあるが、江戸から離れているとは思えない。

（なに、焦ることはない。これからじっくり探せばすむことだ）

自分に言い聞かせながら新大橋をわたりはじめた。こふぉこふぉと、軽い咳が出て胸を押さえた。そのまま欄干に片手をつき、大川の流れに目を注いだ。小名木川の河口に架かる万年橋から一艘の猪牙舟が出てきたところだった。菅笠を被った船頭が巧みに棹をさばいていた。舟にはひとりの女が乗っている。

（今夜は深川で一晩休むか。それも悪くない）

津久間は猪牙舟から視線をあげて、また歩きだした。

橋の先に広がる町屋がしずしずと翳《かげ》りはじめていた。

光文社文庫

文庫書下ろし／長編時代小説
思《おもい》川《がわ》契《ちぎ》り　剣《けん》客《きゃく》船《せん》頭《どう》㊂
著者　稲《いな》葉《ば》　稔《みのる》

2012年1月20日　初版1刷発行
2017年1月15日　3刷発行

発行者　鈴木広和
印刷　萩原印刷
製本　榎本製本

発行所　株式会社　光文社
〒112-8011　東京都文京区音羽1-16-6
電話　(03)5395-8149　編集部
8116　書籍販売部
8125　業務部

ISBN978-4-334-76351-0　Printed in Japan

組版　萩原印刷

お願い　光文社文庫をお読みになって、いかがでございましたか。「読後の感想」を編集部あてに、ぜひお送りください。
　このほか光文社文庫では、どんな本をお読みになりましたか。これから、どういう本をご希望ですか。どの本も、誤植がないようつとめていますが、もしお気づきの点がございましたら、お教えください。ご職業、ご年齢などもお書きそえいただければ幸いです。当社の規定により本来の目的以外に使用せず、大切に扱わせていただきます。

光文社文庫編集部